请你温暖，无论这世界多冷漠

夏风颜＿＿＿著

Please keep yourself warm,
no matter how cold the world is.

C|S 湖南文艺出版社
HUNAN LITERATURE AND ART PUBLISHING HOUSE

博集天卷
CS·BOOKY

就算受伤就算流泪，都是生命里最温柔的灌溉。

Please keep yourself warm,
no matter how cold the world is.

目录
CONTENTS

一旦听风吟一

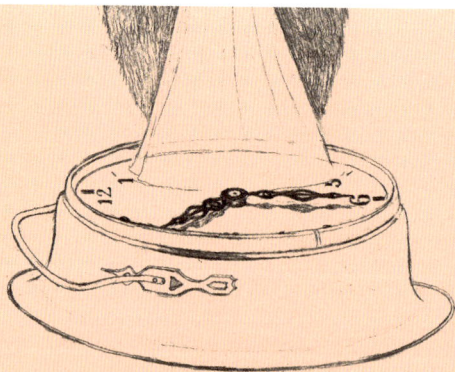

|05|

请你晴朗：
值得你流泪的人，舍不得你哭

|07|

请你温暖：
葵花成海，你在不在

Please keep yourself warm,
no matter how cold the world is.

且听风吟

|自序| 世事无常，唯愿你好

2014年的初春，阔别一年之久，我决定回到北京。走的那天，母亲给我打包行李，千言万语，说出口的不过是四个字：一路平安。每次离别，伤感渐渐淡褪，好像只是一场来回几天的短途旅行，春暖花开就会回家。

生活中更多的感觉是平淡与贫瘠。避世一年，早睡早起，养花写字，身未老心初老。这一年，二十五岁将过，听谁说，你已经走到五十岁的一半，一百岁的四分之一，好像也没有太多感触。我们终要与年轻告别，看华发渐生，看时间在脸上留下清晰的痕迹，心慢慢荒凉。

你害怕老去吗？害怕你爱的人不再爱自己吗？

不，不要害怕。老去的是身体，不是人心。不爱你的人不属于你，爱你的人永远在等你。余下的每一年、每一天，都要好好地过，为自己而过。

最好的同学离开北京。她说，这座城市盛载我最大的梦想，但我无力背负，它太重了，太重了……所以，我只能回家，重新开始。

像她这样的人，何其多。带着梦想来，带着梦想去，来来去去都是空。在家的这一年，生活节奏变得很慢，好像一下子卸去了沉重的包袱，不用再想房租、水电费、拥挤的交通、繁重的工作和复杂的人际关系。我的故乡并不繁华，也不现代，如一本被抛掷在某个偏僻角落的旧书，覆上一层厚厚的灰尘，你要用生活擦拭、翻阅它。

曾几何时，我很想飞出去，高考成了唯一的途径。等到飞出去了，又生出悔意，原来苦读十多年想要扎根的地方这么陌生，这么冷漠。毕业之后，从上海到北京，生活在最大、最繁华的一线城市，反而想要逃离。时间一晃而过，朝思暮想终是朝思暮想，而故乡，成了千里之外一个遥远模糊的影子。

"如果有来生，要做一只鸟，飞越永恒，没有迷途的苦恼。东方有火红的希望，南方有温暖的巢床，向西逐退残阳，向北唤醒芬芳。"

这一直是我的夙愿。来生想要成为一只鸟，或者一朵花，自由地，宁静地，安然地独自飞翔，独自坠落，独自盛开，独自凋谢。

世上最美的风景，都不如回家的那段路。
世上最深情的话，都不如与你沉默相拥。

这是转型之后的第三本书。夜色深深，下着小雨。在安静无人的列车车厢，独自坐在窗边，细雨敲打窗户，霓虹夜景一闪即逝，打开笔记本电脑敲下第一行字。微光照出映在窗玻璃上的朦胧轮廓，隐隐约约，那是在时光中老去的样子。写下你的童年、过去、家乡、求学、初恋、漂泊、追梦、境遇。离开你的人、帮助你的人、令你心动的人、与你错过的人、给过你温暖的人……一个字、一个字，拼凑出完整丰富的你。

你的人生，风雨与彩虹并行。

很久之前，有个人对我说："我们的过往，往往有很多自己恨不得一笔勾销的败笔和深知再也无法倒带的惊鸿一瞥。我们每个人，都是被过去和历史裹挟的。既然人类都是时间和记忆的囚徒，那么，我们总归都会和过往握手言和。"

有些人，终其一生只是在丈量走过的土地，是一千里还是一万里。你看过多少风景，留恋过多少地方，品尝过多少美食，和多少人一起并肩共行一段旅程……这些在路上发生的经历成为写给自己的一本书，一生不会忘记。

我要写的，就是这样一本书。

如果岁月可以成为一份礼物，这是送给你的，最好的礼物。

世事无常，唯愿你好。
世事无多，唯愿珍重。

夏风颜
北京 2014.02.14

丢失的从来不是风景，而是一颗为它停留的心。

不要怕它会消失，不要怕自己什么都没有留住。

那些美过的、感动过的、深刻记忆过的……

随时间而去，永远在心的最深处完整。

请你温柔：
其实你很悲伤，我亲爱的偏执狂

Please keep yourself warm,
no matter how cold the world is.

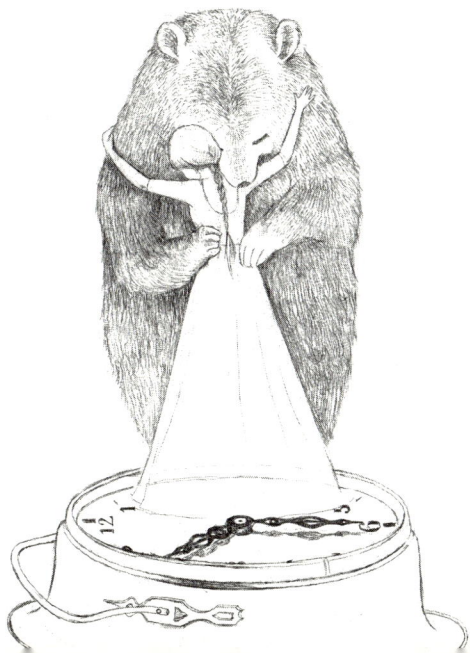

{ 其实你很悲伤，我亲爱的偏执狂 }

你喜欢甜品，春天一定要去满记甜品吃芒果布丁。

你喜欢冷饮，夏天一定要去哈根达斯吃冰淇淋火锅。

你喜欢日本料理，秋天一定要去铃木食堂吃亲子饭。

你喜欢咖啡，冬天一定要去COSTA（咖世家）喝杏仁摩卡。

你有强迫症，每晚临睡前必看一集美剧。

你有拖延症，要拖到午夜十二点才肯洗澡。

你有焦虑症，一件无关紧要的事也能让你茶不思饭不想。

你有纠结症，一个简单的决定会反反复复纠结好久。

你有失眠症，躺在床上直到天亮了才闭眼。

你有暴食症，吃到肚子撑还要往嘴里狂塞炸鸡和巧克力。

你有间歇性失忆症，钱包经常忘记带，手机落在洗脸池边想不起来。

你有轻微洁癖，不准别人碰你的杯子，不准别人用自己的筷子给你夹菜。

你有重度臆想，总觉得有人在背后说你坏话，总觉得别人看你不顺眼，恋人会随时劈腿。

"断舍离"还是"你谢见①"，你深有感触吗？
"正能量"还是"追梦人"，你感同身受吗？

---

① 你谢见，网络用语。你好，谢谢，再见。

你生活在一个遍布雾霾和尾气的地方，吃着有毒食物，喝着有毒牛奶，呼吸着有毒空气。八点起床不吃早餐挤地铁，在你推我搡的拥挤人潮中险些晕倒。格子间里噼里啪啦的打字声此起彼伏，你无聊地浏览着网页昏昏欲睡。

淘宝、微信、豆瓣、微博……每天重复着相同的步骤，不停地刷手机页面，对时事新闻不感兴趣，对八卦绯闻异常热心。办公室里在讨论最近大热的韩剧，美剧更新到第几季，电影院里放什么电影，下班后去哪里吃饭……你默不作声地听着，突然想要逃避。

这座城市像一个巨大的黑色旋涡，吞没了你，也吞没了与你有相同梦想、相同处境的一群人，一起在这座从未属于过自己的城市里，渐渐变老。你有想过几十年后的生活吗？回到家乡还是移居国外，嫁个有钱人还是一夜成名……不，你是不会想的。日子得过且过，混在充斥着各种味道的人堆里，除了身上的香水味，也没什么不同。

这就是你想要的生活吗？

或许是，或许不是。曾几何时，你想要的不过是一间三环以内的单人卧室，付得起房租，吃得起快餐。现在呢，你搬到五环之外，住在鱼龙混杂的隔断间里，冬天没有暖气，夏天没有空调，连吃一顿麻辣烫都嫌贵。

你幻想拥有一间小小的私人公寓，有客厅、厨房和独立卫生间。铺着白色羊毛毯的木地板，光脚踩在上面，舒适柔软。宽敞的落地窗，阳光倾泻进来，满室温暖。宽大的双人床，浅绿色的格子被单，粉红色玫瑰香薰，多肉植物……窗台上的茶花开了，若有似无的清香从风中飘来，风铃丁零作响。

从拒绝到接受，从不喜欢到喜欢，从放弃到坚持，从不在乎到入心……时间证明，一切都会慢慢好起来，即使过程是那么艰难。你如何改变自己的习惯，从一个熬夜的人变成一个作息规律的人，便能够让一个不喜欢你的人喜欢上你，使一件不可能完成的任务顺利完成。

雾霾渐渐散去，一场夜雨，醒来见到晴天。碧蓝如洗的天空，温暖和煦的阳光，这是新的一天。我知道，即使你假装微笑、坚强，心里也会有抹不去的淡淡悲伤……其实你很悲伤，我亲爱的偏执狂。

生活是美好的，你要相信。
即使很悲伤，日落之前，也请将它终结。

{ 我最好的年华，愿生如夏花 }

四月独自出行，回到苏州古城，在周庄住了几天。每天到处闲逛，泡茶馆、听故事。一位叫张寄寒的老先生开了间"三毛茶楼"，据说三毛来大陆旅行时途经此地，在这里喝茶逗留，和他成为朋友。聊起种种过往，老人的眼里有着看穿世事的平静与淡然。他送给我他写的书——《吹灯》，在扉页郑重盖印。

去了书店"猫的天空之城"，买了手绘明信片，寄给远方的朋友。天阴沉沉的，没多久便下起了雨。春雨蒙蒙，散开发辫在雨中漫步，看到一个老人在摇纺车，雪白的棉絮飘到面前，粘在衣服上。她对我微微一笑，招手让我进去躲雨，和我聊起苏州失传的手艺。战争年代，很多手艺人为了避祸举家迁徙，她的父亲留了下来，在当地艰难生存。家族手艺却因此得以保留，十分难得。

我想起我的家族，起于一个叫司马风桥的地方，世代以纺织为生。先祖是苏州有名的手艺人，织得一手绵软丝滑的好布。因战乱迁徙，一路北上，去了一个被称作"司马风桥"的地方。现在，这个地方已经不存在了，也很少有人知道。

去年回家，随祖父故地重游。我出生至今，从未去过那里，也很少听家里人谈起。他们习惯了在某个地方安定下来，不问缘由。老一辈的人都知道这个地方，但知道的人多数已经去世了，剩下的寥寥无几的人也搬迁离开，几乎绝迹。

每年春节，祖父都会回到故地。他是宗族族长，九十岁高龄，身体依然健朗，对故地怀有深厚感情。他说这里是我们的根，不能忘记。他带我去看祠堂，那里由黑色的泥砖垒砌而成，摇摇欲坠，破败不堪，但依旧坚强地挺立。祖父感慨地说，这座祠堂已超过百年，先祖来此地不久时，带族人一砖一瓦亲手搭建。

很快，这里将被夷为平地，建起一座座高楼大厦。最后一处供缅怀留恋的地方也没有了，老人十分不舍，眼里藏泪。

祠堂供奉历代祖先，至今仍存有族谱。每一代都有排名，曾祖这辈，取"龙凤祥云"；至祖父，取"华希茂盛"；到父亲这辈，取"仲林清泉"……一代一代，家火传承，寓意兴盛不息。我们这一辈，排名还在，也有堂兄弟要改名，但都必须经过祖父的认可。他说，除非我不在了，否则没有可能。

祠堂已经辨别不出原本的面貌，墙面出现严重的裂痕，几乎每一年都要耗费人力物力去修整。政府要拆除，多次与祖父交涉，老人口气强硬，一定要等到咽气之后，他认为这是对祖宗的交代。他以行动无声地守护，这是身为每一个宗族后代应尽的义务。

每次回家，我都会生出别样感触。人离开家乡，去往某个地方，努力融入，逐渐适应，一面抱怨，一面不得不忍受。房价、交通、天气、环境……这些十年、二十年、三十年乃至一生必须面对与时刻关注的事，与喜怒哀乐牵连，终会有厌倦的时候。

你要说服自己爱上它、依赖它。它是与你朝夕相处的爱人，唯有时刻保持对它的热情，才不至于放弃和离开。

当你站在天桥上，看着灰蒙蒙的天、高耸入云的建筑、川流不息的车辆，可曾想过千里之外的故土，广袤的蓝天，碧绿的青草地，漫山遍野的油菜花。因为那个遥远的梦想，因为小时候对自己暗许的去外面看一看的心愿，背井离乡，越走越远。

还记得儿时生活的地方，每天必经的石板路，清澈流淌的小溪，花丛中飞舞、停歇的蝴蝶，收割后的麦田，金黄色的大地，山影重重，一行白鹭上青天……你出生和成长的地方，无论贫穷还是富饶，无论闭塞还是开放，都不应忘记、抛弃。身体已打上它的烙印，血液已凝聚它的精气。没有它，就没有现在远行的你。

叶落归根。很多人离开家乡一辈子，死后归于故土。幼时经常玩耍的小山包，成为长眠于此的墓地。人一旦离开，仿佛幼鸟斩断最后一丝温情的牵绊，变得刚猛无情。天空是广阔的，请尽情自由地飞翔。但别忘了回头看，脉脉山影，潺潺流水，杏花烟雨，春风绿柳……这才是最后的归宿。

如同故人归。

别忘了要去的远方。但也别忘了，你来自何方。

二十五岁，想起这些年走过的时光，点点滴滴。想起故乡的景，做过的梦，许下的愿，与最好的年华。岁月幽期，是否依旧在此地徘徊，不舍离去。之前是没心没肺的快乐，之后是有情有义的欢喜。一路走来，懵懵懂懂，跌跌撞撞。即使有伤，也要保留最初的单纯与美好；即使遗憾，也要感谢拥有独一无二的生命。

我最好的年华，愿生如夏花。

{ 愿你被这世界温柔对待 }

那天，经过一座桥，看到一个人坐在桥栏上看着下面冰封的河，神情萧瑟，非常疲惫。那一刻，我在想，他是否会跳下去。

冬天似乎是一个特别适合遗忘和告别的季节，人会容易做出一些类似果决不留余地的事。朋友的舅舅在这个冬季去世，四十六岁。他的女儿赶回去见他最后一面。临行前那晚，女孩睡在家中客厅，我递给她一杯热水。她蜷缩在被子里，无助地看着我，说，我很害怕，我不知道该怎么办……姐姐，你能不能帮帮我……

我再一次想起那句话：除了自度，他人爱莫能助。感情、事情，皆是如此。

人会老，会死，会在某个时刻猝不及防被迫直面生命揭开的真相与残酷。我们不得不面对、接受、承担，无法逃离。这是生命给予我们的负担，也是恩赐。

第一次面对生命的离别，是曾祖父的去世。那时年纪尚小。遗体告别仪式上，祖父作为长子念悼词，领着宗族亲眷一百多人浩浩荡荡地下跪，磕头，痛哭。父亲是长房幼孙，跪在角落里，垂着头，轻声啜泣。我被母亲抱在怀里，没有眼泪，只是好奇。觉得有那么多人参加的仪式非常有趣，平时不苟言笑的人此刻也会痛哭流涕。我看着不远处睡在棺木里的人——闭目安详的曾祖父，在幼年遥远模糊的记忆里，他曾递给我一块桃酥。

曾祖父被火化、安葬，硕大的坑、暗红的棺木，祖父率众人跪在坑边，奏乐、放炮，哭声震天。棺木被安置在正中，越来越多的泥土撒在上面，直至填平。

天灰蒙蒙的，看不清大家的脸，只听见隐约的哭声。一只黑鸟掠过天际，停在一棵树上，静静地望着乌压压跪着的人群。那天晚上，家中的燕子死了。母亲说，这是亲人的魂走了。

我守着这只死去的燕子，它黑色的羽毛遮住单薄幼小的身躯，闭着眼，和记忆里的曾祖父重叠。我呆呆地看着它，不让任何人触碰。第二天醒来，燕子已经被祖父扔了，我终于哭出了声。

面对生离死别，有些人情绪激烈，有些人出奇地平静……是因为他们的感情深浅不同吗？并不觉得。看着泪流满面、脆弱无助的女孩，如同看到那个坐在桥上看着河水神情萧瑟的人，那一刻，他们的心境如此相同。同样的无助，同样的恐慌，同样的绝望。

人不能奢求别人给予救赎。小女孩经历亲人的去世，一夜长大；男人生死挣扎间，刹那顿悟。这都是自度。第一次松开母亲的手蹒跚走路，第一次长大，第一次背井离乡，第一次远渡重洋，第一次与亲人离别，第一次遭遇背叛，第一次恋情告吹……对于我们而言，都是突破。不要觉得那是困难，当你跨出这一步，就意味着走出深渊，看见天空，那是至美的平静与广阔。

十八岁，一个人坐火车去北方。她不停地往包里塞东西，又嫌包不够大，去买了箱子。衣服、鞋、雨伞、零食、药片、自家腌制的鱼干和牛肉、大包花生与煮熟的鸡蛋……唯恐我会挨饿。他花了一晚上查天气、路线、站台、电话，甚至学当地方言，以前这些琐碎的事情他绝不会做。

他说，你第一次出远门，迷路了就给我打电话，我都知道。

她说，你去那么远，那里究竟好不好我都不知道……你怎么就去那么远，我舍不得。

两年后，我生病回家，面临休学。躺在床上，夜夜失眠，听见卫生间里压抑的哭声。他一边哭，一边说，我的女儿何至于此，我以前没有好好关心她，是我对不起她……我宁可替她生病，替她痛……

那一刻，我明白了血肉亲情，无论如何也不能割裂。

很少去想生与死的问题，并非觉得遥远，而是它实在是一件庄重至不可言、不可思的事。就这样平淡顺遂地过，每一天看似相同，但每一天都是新的，充满了不可知的变数与希望。漂泊多年，始终在城市中游走。做一个城市的流浪者，从不安到心安，哪里都是归处。

走遍万水千山，不忘故里，不缅来路。安身立命般地去践行自己的漫长道路，人在前，心在后，相约黄昏，梦里醒来看清晨。青丝飞扬还剩几缕，可随风而去。窗前花落，更深露重，你可曾有过落泪时候。

人应当珍重生命，因这世界总有惜你命的人。

为他们而活，也是最美丽温柔的活。

后来，我收到那女孩的短信：姐姐，我父亲走了，我很难过。可是父亲说，要坚强，要为他好好地生活，我一定能做到。

于是，我看到那个人从桥栏上下来，对着天空微微一笑，转身离开。于是，我在父母的陪伴下从病中挣脱，完成学业，走到了今天……从未想离开这个世界，但我知道，一定会有离开时。那个时候，希望珍惜我的人在身边。

人生的每一个阶段，种种变化、无常、经历、磨难，背后都有其深刻的考验。我们因考验而在这世间顽强行走，未曾想过脆弱的肉身是否经受得住风吹雨打、电闪雷鸣。意志是生存的支柱，要做一个勇敢的人，一个坚强的人，一个能经受考验的人，一个爱惜生命的人。夜雨茫茫，白雾森林，荆棘高山，深谷悬崖。这条路要走完，才能看见世界的终点是海纳百川，还是星火燎原。

每个人的心中，都有一个小小祈愿。它很壮烈，也很卑微。它很珍贵，也很平常。每个人的故事，都不是三言两语便能说尽。生活总是艰难的，人心很冷，不易满足。走了太久，等不及看到山川河流、星空烟火便冰封。

回忆那二三事，依稀遥远又似近在眼前，穿过岁月静看它们，像烟花腾入高空，"噼啪"一声然后悄然落幕。我知它必然消逝，但也曾温暖过一整个冬天，夜深人静、孤独难抑时缓缓流过心间，以此成为等待春天——最美好的约定。

这，才是生命。

你也一样。无论如何，愿你被这世界温柔对待。

{ 人生的意义不在于你拥有多少，
　　　　而在于你经历多少 }

很多人说，我不求得到，只求经历。相比经历，人其实更注重
得到。我能够拥有什么，以及我究竟能够拥有多少。有一句话是，
不求天长地久，只求曾经拥有。是说爱情。搁置一生当中，抛却爱
情，很多事物都是如此。正如一滴停留在掌心的水，从指缝间流
淌，却也曾经温暖过你的皮肤。

很多年前，一个人对我说，我现在无父无母、无儿无女，老了
也无依无靠。希望在我死后，能有人记得我，写下我的故事。那个
人，已经不在了。又有一个人，对我说过一句让我难过很久的话：
"我的身体里住过一生至今看过的每一片海，住过冬天的雪，住过
这世间所有流浪过的爱人。"

听一首歌，"多么痛的领悟，你曾是我的全部……"在一座陌

生的城市，每晚等一个明知不会打来的电话，手机开了又关，不停地刷微信，想知道他此刻在做什么，心情是怎样的。大多数人，并没有拿得起放得下的觉悟。表面在坚持，内心在退缩，这依然是懦弱的表现。

May对我说，我现在越来越自暴自弃了。离了婚，还能有什么？我虽然爱着那个人，但至死都不会对他承认，更不可能向他投降。

可是，真正难受的人只有她自己。她当然想爱着的人回心转意，主动求和。但离婚是她提出来的，什么都没要，庆幸没有孩子、经济独立。她回到家，独自关门掩面哭泣：为什么没要孩子，为什么不能依赖他……

要强的人，做任何决定都非常决绝，不留余地。以为一切能搞定，以为自己无所不能无坚不摧。和爱人斩断关系，老死不相往来。意气辞职，相信会找到更好的工作。然而，很快便懊悔当时的草率与冲动。

新不如旧。一个旧恋人，一份旧工作。想想投入多少感情、时间与之适应至习惯，牺牲多少心思、力气与之抗衡至决裂。你与他们在一起的时间越久，意味着你的投入越深，牺牲越多。而一旦全部弃掉，则要花比之更长的时间去平复，才能让自己甘心。

不是找不到更好的，而是不能委屈自己找到比以前更差的，不能让自己再陷泥淖，毫无得到。越来越多的人分手再复合，辞职又回去。没什么不好，自我感受是最重要的，也不过是不甘心。但是否想过如果第二次分手、第二次辞职，是否还有再回去的可能。

"人生的意义不在于你拥有多少，而在于你经历多少。"

想要告诉你，你的经历比得到更重要。一次生病，足以认识到身体的重要性；一场分手，成为没有谁陪伴也可以独立的人；一段旅行，尝尽生活所有的美好与艰难；一份志愿者工作，明白最可怜、最需要帮助的人不是自己……不要试图抹去那些不堪的存在，不要假装什么也没有发生，更不要怕它给你带来伤害与阻滞。对于给自己带来积极正面影响的经历，要保留，以此作为继续前行的支撑。与之相反，要更深地记住，感谢它们给予你真正的勇敢和坚定。

这世间，美的东西太多太多，然而多数时候我们并没有机会看到。所以，山顶看日出、黄昏听海潮才显得如此珍贵。即便再有下次、下下次、很多次，一定不会再出现相同的壮景，也一定失去了当时的心境。

丢失的从来不是风景，而是一颗为它停留的心。不要怕它会消失，不要怕自己什么都没有留住。那些美过的、感动过的、深刻记忆过的……随时间而去，永远在心的最深处完整。

感谢他们给过你，感谢你们相爱过。

{ 就算受伤就算流泪，都是生命里最温柔的灌溉 }

相册里有一张照片，是十二岁的他抱着四岁的我，身后是一片金黄色的麦田。我穿着红色背带裙，白色短袜，露出一小截腿；他穿着白衬衣，黑短裤，一只手横放在我露出的小腿上。我在哭，他在笑……金黄色的光将我们衬托得仿佛身在油画中。

我是喜欢他的，但不能确定是否就是小女孩对大男孩的依赖、不舍乃至恋慕。后来，写下关于他的只言片语，总觉得不够像他。

在他的小舅妈也就是我母亲刚嫁过来的时候，有一天，他来我家玩，划坏了家里新买的沙发。我母亲数落了他几句，他哭着跑回家，从此以后，再也不进我家的门。而逢年过节，每次看到我母亲便远远地躲开，从不开口叫她。这种情况，一直延续到我出生。母亲生我时难产，他陪着我父亲一直守在产房外。我出生后，他对抱着我的父亲说，我能不能抱抱妹妹呀……得到父亲的同意后，小大人儿模样的他抱起襁褓里的我，冲我一个劲儿地傻笑。

　　这些，都是母亲后来告诉我的。

　　小时候，我的乳名叫桃花，因为出生时正值桃花盛开，一簇一簇，非常娇艳。这名字便是他取的，孩童在田野间无忧无虑地奔跑，他在后面唤我，桃花，小桃花……长大后，就没有人再这么叫了。有一天，他来学校找我，那时我们已经好几年没有见面了。大老远地，他向我招手，对我露出久违的笑容："桃花！"

　　他十八岁那年，高考败北，放弃复读的机会，一个人去东北投奔他的堂哥。几年后回来，变得黝黑结实，个子拔高了不少。外出打工的日子艰难辛苦，他剃了光头，脖子上戴一条粗金项链，举止粗鲁轻浮，再也不是我记忆里的那个少年。但是，见到我，他还是宠溺地拉扯我的辫子，然后牵着我的手，带我去吃牛肉面。

　　回想二十年前，在我四五岁的年纪，他偷偷带我去他的学校。他是学校有名的打架王，仗着父亲是体育老师，打架、逃课，肆无忌惮，没有人敢欺负他。他抱着我坐在最后一排，和同桌逗弄我。老师听到小孩子的笑声，勒令他把我送回去，他不愿意，和老师吵起来。他父亲闻讯赶来，当着所有人的面，甩了他一个耳光。那是我唯一一次见他哭。

八岁时，他带我去录像厅看《古惑仔》，我第一次走进他向往和生活的世界。周围全是光着上身、叼着烟的小混混，他在吞云吐雾中眯着眼冲我笑，揉乱了我的头发。然后，把衣服脱掉，支起球杆瞄准一只球，我看到他胸口的文身——"Keep My Faith"（坚持我的信念）。

十岁时，他带我去吃肯德基。我记得那是个雪天，他在楼下大声喊我的名字，就是不肯上来。他对我母亲还是心存芥蒂，宁可冒着风雪、缩着脖子蹲在马路边，也不进我家门。他给我点了两份全家桶，看我津津有味地吃着。

"吃完了吗？"他问我。

"吃完了。"

"哥哥要走了。"他摸摸我的头，习惯性地拉扯我的辫子，笑着说，"记得要想我，知道吗？"

一去五年，待他再回来，我已长成了娉婷少女，他已不再是记忆中的少年。

这些，我一直都记得，记得他说过的话："老子天下第一，要娶世界上最漂亮的女人，开世界上最拉风的车……"

他的女朋友很漂亮，和他是同班同学，也是那一届的校花。他追求了她三年，毕业后才在一起。彼时，他去东北，女朋友则去宁波念大学，分居两地。他担心女朋友和别人好了，擅自离岗，坐火车去了宁波。

他带女朋友去看海，在海边，用蜡烛摆出"I Love You"（我爱你）的字样，跪地向女朋友求婚，并雇人将这一幕偷偷拍下来，作为新婚时送给对方的惊喜。这是他一生中做过的最浪漫的事，但也为此付出了代价。回去后，他被堂哥狠狠揍了一顿，罚了半年工资，险些丢了饭碗。

十七岁时，他结婚。我被他的宠物狗咬伤，看着他抱着新娘跑进来，擦身而过。宠物狗扑到他的脚边，他笑得那么开心，那么幸福。

再后来，我去北方念大学，我们渐渐断了联系。我只从别人的只言片语里听到他的消息，他赌博、吸毒，和妻子离婚，债台高筑，被银行起诉……再婚，娶了我们都不喜欢的女人。

他曾是我父亲最疼爱的孩子。小时候，我对他心怀嫉妒，负气之下对父亲说，你把他当你儿子，他能养你一辈子吗？父亲说，能。将心比心。

可是，父亲现在后悔了，对他的事一概不过问。

还记得我十六岁那年，他刚回来没多久，来我父亲开的洗浴中心。因为年轻气盛，他吆喝了一帮朋友，扬言道，我舅舅的就是我的。还提出包场，要把客人都赶走。父亲教训了他几句，他不但不收敛，甚至恶言相向，砸坏了东西，并发誓要和我父亲断绝关系。

父亲说，我这辈子没对几个人好过，唯独对这个外甥，问心无愧……可是，他太让我失望了。

何止我父亲一个人失望呢？他的父母、亲人、爱人、孩子、朋友，他让他们的心受伤且蒙羞。

　　我和他再也没有了联系，我们形同陌路，见面装作不相识。看到他欲言又止、狼狈逃避的样子，我的心隐隐生痛。不知是时间将我们拉远，还是人心让我们冷漠。

　　有一天，他来我们家，看见我从房间里出来便起身要走。那是多年以后，我再一次鼓起勇气正视他。他胖了，还是那张棱角分明的脸，微微牵起的唇角，却生出了许多苍老的痕迹。他对我淡淡一笑，伸出手，仿佛回到多年前，当我还是小女孩的模样，他摸着我的头，对我说，记得要想我，知道吗？

　　而这一次，他的手伸到一半便颓然落下。他转过脸对我母亲说，我走了。

　　他走以后，母亲告诉我，他是来借钱的，但没好意思开口。

　　曾经，我对别人说，我有一个哥哥，小时候我们感情非常好。现在呢？现在……我摇了摇头，他不再是我心中的哥哥了。他不知道，父亲也不知道，在我很小的时候，我已经把他当作我的亲哥哥了。我爱慕他，追随他，依赖他，崇拜他……他是我的太阳。但，太阳总是要落山的。

他对我说，将来他要生个女儿，像我一样漂亮又聪明……她的名字就由我来取。后来，他的女儿叫舟舟，小船的意思。再后来，他又生了一个女儿，叫兔子。

小时候，我总喜欢叫他"兔哥哥"。"兔哥哥，兔哥哥……""你再叫一遍试试！"他瞪我。"兔！哥！哥！""我脱你的裤子……"他说着，作势扑过来。我们笑成一团，打成一团。

"你不敢叫我兔子，因为我会脱你的裤子……"

我们都长大了，再也回不到过去。

兔哥哥，我曾经喜欢过你，你知道吗？
现在，我对你已经没有了眷恋，也没有了奢望。

从春天走来，在冬天离开。年少单薄的生命里，谢谢你曾带给我一缕明亮的光，在我需要的时候，温暖我、照耀我，让我欢喜让我忧。我们是这样相像的两个人，不同的是，你亮烈如刀，我沉默如井。

生命的轨迹曾有一刻并道，又迅速分离，行向各自的远方。身影背道而驰，再也感知不到当初温柔的触感。我的童年、少年与最明媚的青春期，你带给我的欢笑那么多，泪也那么多。你是我的光，而我必须逃离，重新找寻自己。

怀念是美好的，仿佛能闻到旧日桃花的香味。那个少年，在暖阳之下久久站立，笑得像个纯真的孩子，轻轻唤我，桃花……走过的路、看过的风景、思念过的人、想念过的事，没有抱怨，没有后悔，没有遗憾，亦没有可惜……仅仅是，这么缅怀并心怀感激。

"相信优美的生命，是一曲无字的挽歌，漫过心际的孤独，早已蔚然成冰。而你，是这个季节最美丽的音符。"

夜深，读到这样美的句子。

而你要知道，就算受伤就算流泪，都是生命里最温柔的灌溉。不负曾经。

有一句话，过了这些年始终没有来得及告诉你。

那些喜欢、那些徘徊、那些坚持乃至放弃，

都是因为，我们还很年轻。

02

请你美好：
你会发现，童心未泯是
一件值得骄傲的事情

Please keep yourself warm,
no matter how cold the world is.

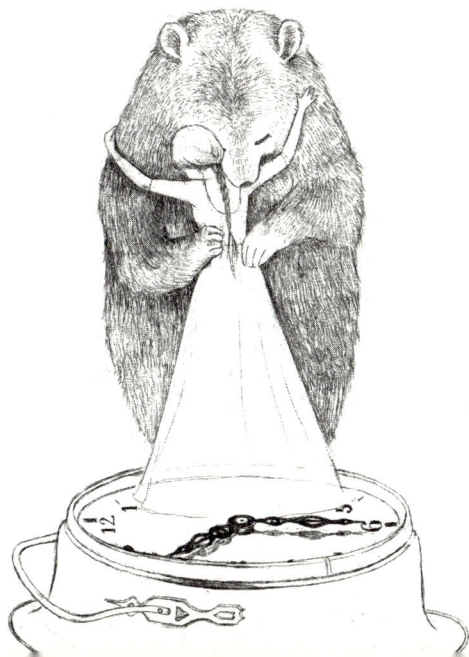

{ 你会发现，童心未泯是一件值得骄傲的事情 }

　　那还是憧憬着想去很多很多地方的年纪。你在城市的某个角落，看着一方蓝蓝的天，一只白色的鸟飞过，天空没有留下痕迹。你说你要去最繁华的城市，你要去天涯海角没有人到过的地方……现在，你又在哪里。

　　那还是幻想着被一个人好好爱的年纪。你在电影院里看完一部电影，是《心动》还是《情书》，你已经忘了。只记得优美的旋律轻轻响起，电影院里剩下你一个人。你无声地问自己，我很喜欢他，他也喜欢我吗……

　　现在，你的身边又住着谁。

　　二十四岁生日这天，我对自己许下一个心愿：想拥有一架时光机，带我回到过去。但，过去是不能回去的。

回到十年前，十四岁的生日，第一次来例假，痛得浑身痉挛，身边没有一个人。我坐在黑漆漆的屋子里，双手抱膝，感到非常冷。身下的热流缓缓流淌，裤子上染了一大摊血，那种浓烈异样的味道，扑鼻而来。

十五岁，喜欢同班一个男生。班上流行一首诗："几处早莺争暖树，谁家新燕啄春泥。"同学们看到我，高声喊："李家新燕啄春泥……"少年人的纯情与羞涩，一哄一闹，全班皆知，只是笑，笑得那么甜蜜，那么快乐。

十六岁，把头发剪到非常短，愈加沉默寡言。每天独来独往，忍受各种流言蜚语。通宵看碟，彻夜不眠，成绩一落千丈。老师要请家长，一直拖到期末。我骗妈妈说，分班总动员，班主任要见她。

"就我吗？"

"不，所有的家长都去。"

十七岁，认识一个人，通了好多好多信。他让我永远地记住了十七岁，花一样美好的年纪。我们一起聊青春，聊理想，聊未来，聊爱情……然后，他说要我等他。可这一生，我再也等不到他。

十八岁，去了北方的一所大学。跑遍城市的每一个角落，告诉自己，不要被陌生的城市孤立，不要受糟糕环境的影响，学会适应它，爱上它，和它相处。那一年，最敬爱的班主任永远地离开了，没有来得及见他最后一面。

十九岁，从学校搬出去，开始一个人的租房生活。每天昼夜颠倒，写小说，给许多杂志投稿。太多太多的失望，太深太深的孤独。第一次带旅行团去十渡，对自己说，你一定可以。结果差一点儿被激流冲走，被一个人紧紧拉住手，他说，不要害怕，不要放弃。

…………

就这样走到了二十岁。

想免费到处旅行，于是考导游证。想让青春不留遗憾，于是组乐队。想为过去的二十年画一个美丽的句号，于是写小说。二十岁这一年，认识了很多人，经历了很多事……然后，接到了你的电话。你说，生日快乐。

你送给我的第一张碟，第一本书，第一件黑色毛衣……那时，我们经常听的一首歌，《黑色毛衣》。你说每当听到这首歌，就会想起我，想起那一年的冬天，白雪皑皑，我们在冰面上旋转、奔跑，满世界里只剩下一个黑色的影子，是最美的回忆。

那年盛夏，到处是《超级女声》，短发戴黑框眼镜的女孩，笑容腼腆纯净。你说你很喜欢她。八年后，她在《我是歌手》的舞台上唱了一首《解脱》。你发来短信："听到了吗？一点儿都没有变。"

时钟嘀嗒，就这样走到了二十四岁。我们在离心最近的地方，生生地将彼此站成了两岸。你在南京，我在北京。你说："我很想再见你一面。"

曾经所谓的死党好友，曾经所谓的知己恋人。单车载着我穿过夏天的林荫道，冬天的冰雪路，一路无言，直到"嘎吱"一声，停在家门前。你对我说："到了。"然后，我依依不舍地下车，对你挥手，转身。突然回头，你还在那里；再回头，你依然在那里，默默地看着我。你送我的CD机，里面只有一张唱片单曲循环，是你喜欢听的马克西姆。冬天吃米线，一定要放很多的辣椒；夏天吃刨冰，一定要加很多的冰。只要一碗，面对面，抬起头就能碰到彼此的额头。你给我看你写的诗，你的每一篇日记，笑着问，窥探别人的隐私是不是很幸福。我囊中羞涩，你掏遍所有口袋，把一堆钱放到面前，说："我的就是你的，还跟我计较什么……"

当我难过的时候，你说，不要难过，我在你身边；当我抑郁的时候，你说，有什么就告诉我；当我孤独的时候，你说，你在哪里，我去找你……然后，你对我说，没有关系，无论你在哪里，我都会找到你……你要记得，我永远在世界的某个角落等着你。

习惯了熬夜。有一天，工作至天明，突然很想给谁打一个电话。于是，想到了你。拨通了电话，"嘟"一声之后听到你疲惫的声音："我刚下飞机，现在在伦敦。"我只好随便敷衍两句便挂断了电话，不想打扰你休息。

伦敦、巴黎、米兰、柏林、苏黎世、斯德哥尔摩、阿姆斯特丹、马德里、波尔图……曾经，我告诉你，最大的心愿是游历欧洲。你说好，你陪我一起去。现在，只有你一个人，你去了所有我想去的地方。你还会去哪里，你还可以再离开多久。

十七岁的生日，你对我说："我觉得我们会在一起很久。"
"很久是多久？"我故意逗你。你说："很久就是，直到我忘了你
的时候……但，我是永远不会忘记你的。"

十八岁，高中毕业那天，你对我说："我喜欢你，你难道一
直都不知道吗？"我无言以对，只得咬着牙说你是我最好的朋友。
你抬起头，眼眶通红，无比失望地看着我，一个字、一个字地问：
"如果只能做朋友，那我这么辛苦这么坚持是为什么？"

二十岁的时候，我终于和别人恋爱了。打电话告诉你，你说：
"好吧，祝你幸福。""那么你呢……我也快有了。"然后是一声
"嘟"的挂断声。那之后的三年，没有再联系。

二十三岁的时候，你突然发来短信：我们和好吧，我找了
你很久……我换了一个又一个手机号，手机里始终保存着你的号
码，只是我从来没有打给你，也不期待你会找到我。但，你就是
找来了。

二十四岁，你在凌晨四点打电话给我："我回来了，你在
哪里？"

我们喜欢一个人能喜欢多久。

我们放弃一个人又需要多久。

如今，我已经不会再为一个人费这么多心思，花这么久的时间。因为输不起，也等不起。就这样走到了二十五岁，再一次听到那首歌，《黑色毛衣》。手中是你当年写给我的诗、留给我的日记，一本一本，曾经的难堪，现在的珍贵；曾经的无心之言，现在的永久承诺。

十六岁的夏天，我们翘了一整晚的晚自习，躺在操场上看星星。突然下起了雨，我们被雨淋湿了，谁也没有起来。你说："我很想做一个童心未泯的孩子，但时光就随着我们无忧的童年悄悄地溜走了。光阴无法倒退。以后的三十岁、四十岁、五十岁、六十岁……余生，我们再也无法看到那一晚漫天的星光。这一生，便再也没有了当初的感觉。"

曾经喜欢的歌，过几年就过时了。经常喝的汽水，已经不会再喝了。以及你，想做个童心未泯的孩子的你，永远也不想长大的你，默默地喜欢我的你，就这样离我而去了。

你在南京，我在北京……你还好吗？

你还会写日记吗，还喜欢闭着眼听CD吗？

有一句话，过了这些年始终没有来得及告诉你。那些喜欢、那些徘徊、那些坚持乃至放弃，都是因为，我们还很年轻。

你会发现，童心未泯是一件值得骄傲的事情。

{ 总有一天，你会遇到一个彩虹般绚丽的人 }

老家的屋后有一片池塘，周围种了十几棵桑树，夏天结满红艳艳的桑果，这里是孩子们的乐园。他们三五成群，有的在池塘里游泳，有的在岸边捉青蛙，有的爬上树摘桑果……

永进是我小时候的玩伴，比我大一岁，瘦瘦高高的个儿，黑黝黝的脸，笑起来露出一对锋利的虎牙。

盛夏的午后，蝉鸣阵阵。我独自坐在岸边，抬头看着不远处最高最大的桑树。原本在池塘里游泳的永进上了岸，坐到我的身边。"你想吃桑果吗？"他问我。我看着他，头发和眉毛都在滴水，他抹一把脸，未及看我，便光着上身迅速爬上那棵最高最大的桑树。

少年的身形矫健如豹，我贪看他的背影，觉得他是世界上最厉害的人。

爬到一半的时候，他用力地摇晃树枝，一颗颗饱满熟透的果子掉落下来，我用衣服把它们包起来。还要吗？永进在上面问我。那边，那边……我指着最高处的桑果。永进循着我的手指的方向，敏捷地向上爬。谁料，他脚下一滑，从树上摔下来，摔断了尾椎骨。

我到现在都记得，孩子们一拥而上，他躺在地上一动不动，倔强地没有哭也没有叫唤。后来，永进的父亲赶来把他抱回家，他才埋在父亲的怀里呜咽出声。我躲在人群后面，自始至终没有敢上前。我害怕永进怨恨我，小伙伴们指责我，永进的父亲数落我……

永进躺了多久，我便在家自闭了多久。我每天偷偷掉眼泪，既难过自责，又害怕他的父母找上门……然而，一直没有。永进的伤好了以后，我们再也没有一起玩耍。那年春节，他拎着东西来给爷爷拜年，远远地看见我，想说什么，却什么也没说。多年以后，当我开始被男孩子喜欢也开始有暗恋的对象时，我以为，那一年的永进，是我第一个喜欢的人。他曾为我受过伤。

长大后，我去城里念书，永进早早辍学。他父亲在新加坡打工，几年以后，他也跟着去了。他母亲一个人在家，某天从楼上摔下来，摔断了腿，以后走路都要拄拐杖。

因为母亲的意外，永进不得已从新加坡回来，在家附近找了一份看仓库的工作。他母亲总念叨："你赶快结婚，找个人帮着料理家务。"每逢新年回去看祖父母时，见到永进，他还像小时候那样，大年初一第一个拎着东西来给爷爷拜年，看到我，客套又拘谨。儿时的事情早已不会影响我对他的态度，我问他："你找对象了吗？"他低着头，脸红到耳根，一言不发。

前年，他母亲托人给他介绍了一个对象，大抵就是亲戚的亲戚。永进不愿意，他母亲跟他闹，软硬兼施，不善言辞又不想忤逆母亲的永进一个星期没回家。母亲又找父亲哭诉，怨他一走了之，连儿子的终身大事都不闻不问，永进的父亲只得从新加坡赶回来。

在父母的眼里，永进在其他方面一直乖巧懂事，唯独婚姻这件事上，始终不肯让步。任凭母亲如何哭诉乞求，他就是无动于衷。最后，永进的父亲气得抽出藤条，像小时候那样使劲儿抽他，逼他答应。永进咬着牙一声不吭，光着上身跪在院子里，背上是纵横交错的鞭痕。打在儿身，痛在父母心，倔强的永进没有呻吟，也没有掉泪……最后，还是他母亲看不下去甩了他一个耳光，问："你想让我死吗？"

永进结婚了。遗憾的是，我没有去参加他的婚礼。去年我回老家，永进带着新婚不久的妻子来给爷爷拜年。女孩很年轻，一脸的娇羞，看得出来，她很喜欢永进。当着两个人的面，爷爷问我："永进都结婚了，你得到什么时候啊？"我顿时窘得无地自容，一屋子的人笑了，连永进的脸上都有了笑容。

小时候的玩伴纷纷结婚生子，难得连在外地的都赶回来。童年最调皮捣蛋的赤柱，如今已经是两个孩子的父亲，在上海开一家火锅店，据说要开第二家了。赤柱比当年更壮实，他指着永进，毫不避讳地对我说道："想当年，你俩可是青梅竹马、两小无猜啊，永进这小子喜欢你好多年了，哈哈哈哈……你看，喜欢你的人现在都娶别人了，你还是孤家寡人一个。"

赤柱本是无心之言，他觉得都这么大了，那些小时候似是而非的感情只当笑料，供大家八卦娱乐。我又何尝不知呢。彼时，永进的脸上没有任何表情，身边的妻子不时瞧他。赤柱说："永进啊，你还害臊了？"却没想到，他突然快步走出去，没有回头。

永进是一个开不得玩笑的人。

大家都觉得冷场，赤柱被他老婆拉走了。永进的妻子看了看我，什么也没说，也跟着走了。偌大的屋子，只剩下我一个人。我回到儿时的房间，躺在床上看着斑驳的天花板。

有一年夏天，永进来我家玩，我们一起躺在这张床上，看着天花板，谁也没有说话。然后，不知不觉地睡着了。等到醒来，发现一只手被永进无意识地握着，他翻了个身，却没有把手松开。

前不久，永进做了父亲。我给他发了条短信：恭喜你做父亲了。

谢谢。很久之后，他回我。

要幸福。

好。

赤柱告诉我，永进在新加坡打工那年，险些出车祸死了。他在送货途中，和一辆客车相撞，十几个人受伤，车祸可谓不小。他受伤最严重。因为顾虑到永进的母亲，这件事被瞒了下来。永进却因为这场车祸，以后再也不能做体力活。

"你知道他为什么出车祸吗？因为，他看一个女孩子分神了。很可笑吧，那个女孩子的背影很像你。"

赤柱对我说，这么多年，永进之所以不敢对我表白，是因为觉得配不上我。他自己一直不恋爱不结婚，是因为没有遇到更喜欢的人。

"我以为他结了婚就放下了，随便开个玩笑试探试探。嘿，没想到，这小子试探不得。可我一直想不明白，他喜欢你为什么不追你呢？毕竟还有机会，不是吗？现在好了，他都结婚了，你错过了一个好男人。"

沉默寡言的永进、勇猛倔强的永进、早早辍学的永进、历经人事的永进、娶妻生子的永进、开不起玩笑的永进……原来，也有过这样简单美好的心愿——与喜欢的人恋爱、结婚，过平平淡淡的一生。

不要轻易打碎一个人的梦想。这很残忍。
看着镜子里的自己，觉得我就是那个残忍打碎别人梦想的人。可我无能为力。

　　赤柱回上海之前，请我和永进吃饭。饭桌上，我们谁也没有说话，不知道说什么，亦不知从何说起。结果，变成赤柱一个人滔滔不绝地聊童年往事，上树掏蛋，下河摸鱼，到田里捉青蛙、打麻雀……当然，也少不了摘桑果那件事。赤柱指着我们两个大笑："你俩可是青梅竹马啊，青梅竹马……"永进默不作声，一口接一口地喝酒。我笑容苦涩，埋下头一言不发。

　　青梅竹马。多么遥远而不真实的比喻。

　　吃完饭，和赤柱分道扬镳，永进送我回家。长长的巷子，仿佛走完了一个人的前半生，幽深而曲折。新年的鞭炮声久久地回荡在巷子深处，一声一声，明明是喜庆热闹的，却听出了空旷寂寥的感觉。我们谁也没有说话。

　　穿过一道门，再往里走，是一条幽深暗黑的窄巷，走到尽头就是我的家。这条路，小时候的我们不知道走过多少回，每次玩捉迷藏，我便往里跑，一直跑，一直跑，关上门就以为没有人能找到。事实是，每次永进都能第一个找到我。那时他总说："你躲到哪儿我都能找到你……"童言无忌。

"谢谢你。"

路的尽头到了，我低下头，看着倾斜的影子，夜晚星光如此美丽，应了好时、好景。这是一个再普通不过的夜晚，多年来每一次走过，却从未抬头看过星空。它是那么的美，淡淡的星光徜徉在黑色的夜河之中，与之相对的，是渺小的我们。我看到自己朦胧的影子，一点一点散开。

我们长大了，各自有了自己的人生。好的、坏的，美丽璀璨如天上的星空、幽静曲折如穿过的窄巷，它们是如此不同。某一时刻，在此地相望，又有何分别。它们存在的意义，是指引夜深迷途的归人，回家。

我轻轻挥手与他道别，洁净明亮的眼，亦如当空的星辉。仿佛多年前，因贪玩忘记了时间，夜色已深，不敢一个人回家，他走在前面，带着我，一步一步，行至家门前。然后，一个微笑，一个转身，再见。

那天夜里，做了一个梦。梦见儿时的我们躺在一望无垠的草地上，远处几只埋头吃草的羊，鱼儿在水中自在游弋，天边一道绚丽彩虹……我们静静地看着、看着，不知不觉睡了过去。醒来，已经是第二天中午，外面下雪了。新年的第一场雪，雪后的阳光格外耀眼，映照在玻璃上折射出七色霓虹，错觉般地以为是梦中的彩虹。

曾经的你，在某个懵懂无知的年代，不经意地叩响别人的心房，当你以为这只是一次美丽的途经，却成为别人一生的停留。现在的你，过着平静生活，有一份自己喜欢的工作，经常旅行，纵使一路颠簸也渴望一场共赴远方的邂逅。请你，带着这份珍贵的感情和回忆，一直走下去。遇见或经过的人，途经他或她，请记得等待并且相信……

你要去相信，总有一天，你会遇到一个彩虹般绚丽的人，照亮整个灰暗的人生。

{ 用自己的光，照亮自己的路 }

读书年代，似乎每隔一段时间便会被人问起，你的愿望是什么。

第一次告诉别人自己的愿望，是在幼儿园的结业典礼上。老师给我颁发奖状和证书，问我："你的愿望是什么？"我当着全班同学和家长的面，小声地说："我的愿望是像您一样，教小朋友们唱歌、画画。"尽管声音不大，台下还是响起了一片掌声与笑声，有人为我鼓掌，也有人不屑。多数孩子的愿望都是那么崇高伟大，当个英雄，或者当个诗人。我羞愧地低下头，老师摸着我的头，说："你的愿望很好。"

人的愿望是会变的。今天想成为这样的人，明天想成为那样的人，没有定心。更多时候，愿望会受到欲望的驱使。想变得富有，所以说，我想成为一个有钱人；想受人尊敬，所以说，我想成为一名哲学家。可是，我们真正想要什么，或者成为什么样的人，一直都不清楚。

　　"用自己的光，照亮自己的路。"

　　这些年来，一直是这样，丝毫不觉得有任何偏移与不妥。当然，过程曲折艰辛，压力无处不在。受到无数次质疑，也遭遇过无数次打击。一句愿望脱口而出，却不知要为此耗费多少心血与时间，一年、两年，还是十年、二十年……有时候不禁想，我们为什么因为一句话去奔赴，因为一个人而停留。

　　最简单、最平凡的愿望，往往最难实现，也最容易放弃。因为，你要为它坚守很多，失去很多。因回忆而叹息，甚而泪流满面。怀念那个小小的在时空中远去的自己，如此真切温暖，仿佛能闻到体肤发香。

　　一个母亲讲她的女儿班上有五十个学生，女儿成绩一般，每次考试都排第二十三名，久而久之得了一个外号，"二十三号"。她和丈夫都很着急，想尽各种办法提高女儿的成绩，却无济于事。一次聚会，她带着女儿去参加，大家问在座的孩子，长大后想做什么。有的说想当钢琴家，有的说想当明星，有的说将来要做中央电视台的节目主持人……轮到她女儿时，小女孩说："长大了，我的愿望是当一名幼儿园老师，领着孩子们唱歌、跳舞、做游戏。"大家都没有吭声，一位家长不死心地问她："你还有别的愿望吗？"女孩想了想，说道："我的另一个愿望是当妈妈，穿着印有叮当猫的围裙，在厨房里做晚餐，然后给我的孩子讲故事，领着他在阳台上看星星……"

那时候，这位母亲并不知道她的女儿是多么与众不同。直到一次郊游，午休的时候，各家的孩子纷纷表演唱歌、跳舞的节目，只有她的女儿，一个人把别人到处乱扔的饭盒和纸巾捡起来，放入垃圾袋里。

期中考试，她接到了班主任的电话，女儿的成绩依旧不理想。她很无奈，可是班主任告诉她，教书三十年，第一次遇到这种奇怪的现象。试卷上有一道题："你最欣赏班里哪位同学？请说明理由。"除女儿之外，全部同学都写上了她的名字。

虽然成绩不够优秀，但女儿的人缘和口碑让做母亲的感到欣慰。回到家的她迫不及待地告诉孩子："你知道吗？你都成为你们班的英雄了。"她的女儿歪着头想了想，认真地说道："老师曾讲过一句名言，当英雄路过的时候，总要有人坐在路边鼓掌。妈妈，我不想成为英雄，我想成为坐在路边鼓掌的人。"

英雄的存在，是因为有路边为他鼓掌的人。这位母亲直到此刻才明白，她生了一个多么优秀的女儿。所谓"青出于蓝而胜于蓝"，将来，她的女儿会成为比她更出色、更优秀的好姑娘、好妻子、好母亲。

"这世间，有多少人年少时渴望成为英雄，最终却成为烟火红尘里的平凡人。如果健康，如果快乐，如果没有违背自己的心意，我们的孩子，又何妨做一个善良的普通人……在那些漫长的岁月里，她都能安然地过着自己想要的生活。"

孩童的心脆弱而天真，他想要的，一定是最单纯的，出自本心。而我，长大后也没有成为一名幼儿园老师。那位第二个问我愿望的老师，我回答她，我的愿望是成为一个有用的人。是的，仅仅是有用，无须崇高，也无须伟大，即便做一个毫不起眼的普通人，也希望成为被需要的人、不可或缺的人。于是，若干年后她在电话里对我说："我一直记得你的愿望……现在，它实现了吗？"

做一个善良的普通人，过自己想要的生活。如今，这就是我的愿望。"青出于蓝而胜于蓝"，年少时，母亲曾这样对我说。因了她的深切期许，因了困境中的不服输，一直以来，很努力、很努力，以至于没有一件快乐的事能让我反复回味，没有一个值得的人让我驻足停留。

我是一只蝴蝶，不停地寻找属于我的那朵花。有一天找着了，才发现，原来那朵花早已存在，植根土壤，在心中盛开。而我，不得不飞舞，不得不远行，不得不离家。

用自己的光，照亮自己的路。
做自己的花，在天地间盛开。

生命给予我们最深的厚待，是赐予一双温柔的手，抚摸孩童的柔软与安恬；是赐予一双明亮的眼，看尽世间美与善意的笑脸。你不会在这条路上消失得太早，亦不会停留得太久。记得的，终会忘记；等待的，终会离开。此时此刻，你是一个人，独自走这鲜花与荆棘共生的道路。孤独者未必缺少爱，远行者一定会看见彼岸的光。

山重水重，走过沧海。

{ 美好的事情，都安静地存在着 }

出版第一部小说《春惜》之后，几乎再也没有写过长篇。自然是很希望再出版小说，也有几个故事很早之前便构思好，迟迟没有动笔。也许几年甚至很多年以后，再有重新提笔的欲望，如写完第一部小说那样迫切想让它面世。而我知道，那时写出来的一定与现在不同。

《春惜》里的濂亮，是林平安第一个喜欢的人。那个叫林平安的女孩，是我。生命中第一个书写的对象，应该是自己。从自己开始，到自己结束，仿佛一个轮回。有一天，如果我不想再写作，那么最后一本书还是关于自己的。

写完便没有再看它。即使出版以后，也因种种失望和厌恶一度不愿翻开。三年过去了。现在，市面上大概已经没有这本书了，而写完它，耗费了何止三年。下定决心以此终结自己的青春年代和爱过的那些人。

　　第一次见到濂亮，是在长辈的寿宴上。他坐在我旁边，自然而然地跟我说话，为我夹菜，像个大哥哥一样照顾我。我小时候孤僻、畏生，非常不容易相处。濂亮爽朗、风趣，笑起来眼睛明亮，有一对酒窝，让人情不自禁就会去看他。

　　事情很简单。一个小男孩把我手中的蛋糕抢走，将我推倒在地。我坐在地上埋着头一个人哭，不知哭了多久，才被人抱起。他擦去我的眼泪，眼睛是那么亮，笑起来有两个酒窝。他轻轻拍着我的背说，别哭了，再哭就成小花猫了。

　　这个抱我的人，是濂亮。他不知用了什么办法，让那个欺负我的小男孩主动送了一块蛋糕来给我道歉，并保证下次再也不敢了。等他走远，濂亮拉着我的手说，别怕，以后谁欺负你就来找我。我怔怔地看着他，就在这个时候，他突然弯下腰，为我把散开的鞋带系好。那次之后，我们很多年没有再见面，也没有人再欺负我。

　　第二次见到他，大概过去了七八年。有一天，推着自行车去路边的修车铺修车，一个穿着白T恤、留着平头的男孩低着头，在给一辆自行车的链条上油。他看上去是那么熟悉，低着头的样子似曾相识……突然就回到了很多年前，有个男孩为我系鞋带，他们是如此相像。

当他抬起头，四目相对时，我愣住了。

记忆中的脸，没有多少变化，笑起来有两个酒窝。

濂亮。

这些年来，我们没有再联系，我一度觉得，这个只在童年里出现过一次的男孩，是不存在的。他长得那么高，站在他面前，让我不禁抬头仰望。他笑着说，你长这么大了，我都认不出来了……

我恍然，兜兜转转，居然是在这样的场合再相见。

那一年，我读初中，他上大学。他父亲病了，他放弃了去复旦大学的机会，替父亲修车。

看着他，不知道说什么好。我因为来例假，强忍着不适，表情非常难受。他大概瞧出什么，给我倒了一杯热水，什么也没说便埋头修车。瘦而长的手指，曾为我夹过菜，曾为我抹过眼泪，也曾为我系过鞋带……而今，磨出了许多茧子，沾满了污渍。我抱着杯子默默地看他，疼痛越来越剧烈，只好狼狈地把脸埋进臂弯。不一会儿，一只暖水袋塞入手中。

"焐一焐，一会儿就没事了。"一切不言而喻。

"你还会复读吗？"我紧紧地抱着热水袋，问他。

"大概不会了吧。"他的面容非常消瘦，低着头，被大片阴影覆盖。

"后悔吗？"

"不后悔。现在也挺好。"他说。

又过了些年，在葬礼上再一次见到他，白衬衣，平头……他看到我，微微一笑，有两个酒窝。"你回来了啊。"他说。仿佛分别只是昨日。我静静地看着他，突然觉得有泪在即。人海人潮中，再一次相见，我狼狈地转过脸，迅速抹掉溢出的泪。

这个在我二十多年的生命里只出现过三次的男人，不知为何，会深深地烙印在心上，始终不能忘怀。因为，每次在我最难过的时候，他都是出现在身边的人。无端地亲近，无端地好感，无端地想起，无端地住在了心里。

越是美好，越是害怕靠近。有些东西一碰就会轻轻碎掉，不复
当初。

我一直念着的，始终是年少时的那二三事，那一些人。大概是
在最美好也最脆弱的年纪，明白日后再也不会拥有。人在消极彷徨
的时候，过去的记忆变得愈加深刻，并非这个人多么念旧，而是沉
溺才能让自己安静。这的确是一种摆脱现实中浮躁的方式。

这样的男孩子，让人由衷欣赏且恋慕。很早便独立，目标坚
定，为此勤奋努力。明白想要的必须自己去争取，但不会因此而让
自己变成一个自私冷漠的人。有追求就有放弃，有得到就有失去。
可这样的放弃与失去，是值得的。

只是短暂的几次见面，从无交情可谈。透过别人的言语得知
他的情况，好与不好，那都是他的人生。我只能在遥远的地方，默
默地在心中祝福。他年迈的父亲还在老地方修车，母亲很多年前就
去世了。家境清苦，他却不因此自暴自弃，消极度日。在我的记忆
中，濂亮一直是健康明亮、温暖向上的人。

我一直不知道为什么会对他眷恋如斯，他是遥远的，陌生的，

无法触及的。也许因此才会感到美好，才会保留最初的相遇与感动。那是孩子心中刹那绽放的烟花，是一生都不会忘记的海市蜃楼、春暖花开。

此生他不知，我亦不知，这是否就是传说中的缘。信，它便在。如同第一次独自坐在山峰看日出，第一次仰起头看到大片的流星雨从夜空划落，第一次在寂静的午夜听钟声看玉兰花缓缓盛开。每个人都有过猝不及防的相遇、惊喜、牵手、重逢……举手之劳，一瞥之缘。是偶然，也是必然。

"她偏过脸，看见不远处的他，俯身在坟前放一束鲜花。身后是苍郁灰蓝的天空、连绵起伏的山峦和漫山遍野的杜鹃花。那一刻，他的脸与她记忆中的重叠。"

这是他给我的最后印象。而我知道，这份跨过二十年的心事，这份少年情，是只属于我的。

美好的事情，一直都安静地存在着。从未消失，从不遗忘。

{ 有一个人好好爱你，像我一样 }

翻开日记，看到去年写下的话：出国前回一趟家，家里的房子翻新。父亲建了一座露台，供我休憩和写作；母亲请人做了葡萄架和秋千，供我看书纳凉。用水缸养了睡莲，院前种了桂树，屋后种了红杉，廊下一簇茶花与吊兰……玉兰树开花了，两只乌龟在水缸里游来游去，大白和小白两只狗坐在院子里。雨后的傍晚，天空美得不可思议，我牵着它们出去遛弯，回来在露台上看书写字。真是岁月静好，不忍离去。

这样的日子，是从前一直渴望的。写日记的习惯，来自母亲。她有一个深绿色的布面本子，上了锁，压在陪嫁的樟木箱底，并不经常拿出来。小时候的记忆，是每次她心情不好，便从樟木箱底拿出日记本，小心地开启已经锈迹斑斑的锁，写下让她心酸难抑的事。

日记是她的朋友，仿佛除了它，无人可相对，无人可诉说。

有一次，家里只有我和她，她心情不好，喝了很多酒。我不知道她因为什么事而难过，我静静地看着她，看着看着，睡着了。醒过来，天尚未亮，她一个人趴在桌子上，桌上东倒西歪地躺着几只酒瓶，手臂下压着那本熟悉的日记本。我想，她醉了。

我一直对她的日记心存好奇，就在那个深夜，在她睡着的时候，偷偷把日记本从她身下抽走，藏了起来。她喝醉了，醒来一定不会记得。那时，我侥幸地想。我把她的日记本藏在我的枕头底下，令我庆幸的是，锁是开着的。

怀着忐忑与好奇的矛盾心情，我翻开了那本日记。第一页，入目是这样一句话："命运牵扯着你，我将与你并行。你是我的孩子，携我走在时间的前列。"

然后，几乎每一篇，都会提及我。用手抚摸，感知我的生命与脆弱。轻声对我说：嘿，你好吗？小宝贝，我是你的妈妈……

外面在下雨，我一个人在家。你爸爸去上夜班，但我一点儿都不感到孤单。你很安静、很乖，我有时候甚至觉得你不在我的肚子里。想知道你是什么模样，想早些看到你。谢谢你，宝贝，谢谢你来到这个世上，与我做伴……

时间是1991年3月15日。今天你摔了一跤，举着小手，向我伸来，说，妈妈，抱。我心疼极了，可是你一直学不会走路，我不能每次见到你摔倒就抱你，这样你永远都不会走路。都说女儿是妈妈贴心的小棉袄，你是上天赐给我的宝贝，我很爱你，你知道吗？我希望你勇敢、坚强，摔倒了自己爬起来，不要哭。宝贝，妈妈告诉你，疼痛是为了长大，不要害怕。

时间是1992年12月28日。你的胳膊又脱臼了，我下班回到家，见你蜷缩在沙发上，冻得小脸苍白，浑身颤抖，没有人注意到你。一屋子人在打麻将，有说有笑，我什么也没有说，把你抱起来，裹进大衣里。你望着我，突然伸出小手擦我的脸，妈妈，不哭。你说。我才意识到自己流泪了。我抱你去医院，大雪迷眼，淹没了脚踝。你安静地蜷在我的怀中，一只胳膊软软地垂落，那一刻，我心如刀绞。我的孩子，雪再大、路再难，妈妈都会带你走过去……愿你赶快好起来。

时间是1993年6月8日。今天带你去外公家，你很高兴，小脸红红的，眼睛一闪一闪。我给外婆洗头，外公给你讲故事。你问，燕子为什么冬天要飞到南方，月亮为什么是弯的不是圆的，外婆为什么有白头发，彩虹什么时候会出来……你的问题那么多，像个好奇宝宝，外公和外婆笑得合不拢嘴。我们一起唱起我儿时的歌谣，那是我小时候你外公唱给我听的，现在他又唱给你听。看到你们祖孙其乐融融的样子，我很幸福。

时间是1994年7月30日。今天是我的三十岁生日，人生难得一场大醉。我觉得自己醉了，又觉得没有醉。其实我不喜欢过生日，可你对我说，妈妈，你过生日我就能吃到蛋糕啦。我买了最大的蛋糕，让你一次吃个够……夜已经深了，客人陆陆续续地走光了，我抱着你去看烟花。你缩在我的怀里，捂着耳朵，一张小脸害怕又兴奋。你爸爸站在不远处点火，"砰"的一声，看，美丽的烟花，好美好美。

时间是1995年9月1日。今天第一次带你去学校，你很紧张，紧紧地拽着我的手，手心里都是汗。以后你就要来这里上学了，妈妈不能时时看到你，你要听话。你是个聪明的孩子，一定会受到老师和小朋友们的喜爱。加油，宝贝，我为你骄傲。

············

"就像一个美丽的宫殿，你终于说话了。你来自遥远的星空，
拍着洁白的翅膀……你就是我的天使。"

有时会无端流泪。小时候得过沙眼，风一吹，眼泪就哗啦啦地
往下流。会觉得难受、疑惑、狼狈，为什么是那样一个爱掉泪的孩
子。长大后，很多场合，在尚不自知的时候眼泪就已经落下来。假
使别人看到，会不自然地别过脸，抹去，对他说，真不好意思。

有人说，眼睛是人身上最容易衰老的部分。
我看到她的眼睛，在慢慢老去。

她说，不要再四处漂了，家里多好。房子这么大，就我和你父
亲，为了留住你，我们想尽办法把家里布置得舒适温暖。前后两个
大露台，院子里种着你喜欢的花，秋千与钢琴是你小时候一直想要
的。桂树、玉兰、红杉、芭蕉、睡莲、茶花、蔷薇、吊兰……我尽
心栽种。你爸爸每天都带你的两只狗出去遛弯儿，你写作、散心都
是好的。人生如此，又有何求？

人生如此，又有何求？

二十多年的光阴就这样匆匆过去了。伸手抚摸她的头发、手背、脖颈……最后是眼睛，靠在她的怀里，像小时候那样，听她讲街坊邻里的事。陈家女儿嫁人了，李家媳妇怀孕了，崔家儿子考上了清华，卞家老公公去世了……她说着说着，轻轻叹一声气：人就这一辈子啊，要珍惜。

夜深感到疲累，她递来热茶。我说，你快去睡吧。她摇摇头，不，陪着你。她坐在对面的椅子上，默默地看我一会儿，随手拿起旁边的书，低头看起来。看着看着，睡着了，轻微的鼾声响起，我抬起头，看到她安详的睡脸，起身走过去，拿走手里的书，为她盖上薄毯。

是这样的母亲，这样视我为生命的女人。爱我、宠我、心疼我、纵容我、呵护我……这世上再也不会有人如她这般对我……再也不会。

当我坐上列车，离开家乡，与她告别。她笑着说，让我再抱抱你吧。于是我伸出手，投入她的怀抱。她的身体微微颤抖，声音哽咽，不一会儿，有热泪顺着脖子淌进衣服里，刺得皮肤发烫。可能是年纪大了吧。她松开手，一边拭泪一边说，出门在外要好好的，注意安全，不要老熬夜……你不是一个人，无论你在哪里，遇到什么困难，都要知道，你不是一个人。妈妈在这里，一直在这里……等你，回家。

挥一挥手，透过窗玻璃，看着她的身影渐行渐远。那一刻，我疼痛地埋下身体，捂住脸，再也忍不住哭泣。

有时候，很想很想与谁在一起。就这样，什么也不说，什么也不做，安静的房间、蝉鸣的午后、晚霞漫天的傍晚，和他，相依相偎，享受时光的安宁与静美。这样的画面，在心中珍藏了很多年。

和她散步，把手伸进她的臂弯，依偎着她。她说："你都这么大了，还像个小孩子一样爱撒娇。""谁让我是你的女儿呢。"我把头轻轻靠在她的肩膀上。"好啊，这辈子、下辈子、下下辈子，你都做我的女儿……妈妈希望，有一个人好好地疼你、爱你，像我一样。"

有一个人好好地疼你、爱你，像我一样。

没有人会陪你一辈子，所以，你要适应孤独。

没有人会帮你一辈子，所以，你要奋斗一生。

致自己。

03

请你勇敢：
将来的你，一定会感谢
现在努力的自己

Please keep yourself warm,
no matter how cold the world is.

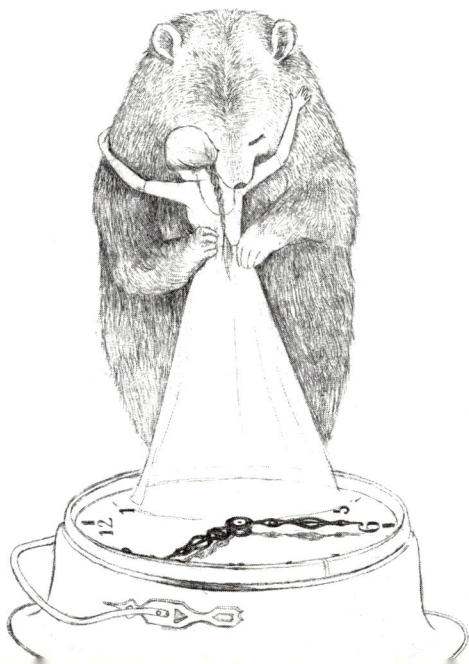

{ 将来的你，一定会感谢现在努力的自己 }

北京、上海、深圳、香港……在这些城市漂泊的你，现在，可好？

想和你谈一谈这过往的十年。从你离家去外地念书，独自寄宿挤八人间，到搬出去一个人租房子。暑期四处兼职，毕业后实习，去一家公司面试，开始第一份真正意义上的工作……这之间的光景，不过四年。

四年，转瞬即逝。

犹记得，高考那年，黑板上写着倒计时，离高考还剩六十天，耳边是乱糟糟的读书声，班主任在教室前走来走去。你心烦意乱，借口肚子疼跑出去，在操场上跑了一圈又一圈。寒窗苦读十多年，你在笔记本上写：我很想逃，但不知道逃到哪里。同桌在他的桌上刻了两个字：清华。眼神是笃定的坚毅与自信。你沉默地叹息一声，什么也没有说。

高考前一晚，状态很不好。几个同学邀你去网吧玩游戏，你不想去，但也不想在快要被逼疯的教室里无意义地耗下去，你什么也没带便走了出去，在网吧熬了一个通宵。那一晚，你既没有陪他们玩游戏，也没有和任何人聊天。反复刷网页，看最有名的那几所大学，看前几年的录取分数线。耳机里充斥着澎湃激荡的摇滚乐，Beyond乐队的《海阔天空》，你听了一遍又一遍。

高考三天，你发着烧，坚持到最后一场。谁也不知道你的状况，同学走过来，大力拍一下你，考得不错啊。你环顾着四周，最后一个离开考场，第一眼见到了等在外面的母亲。那一瞬间，突然失去了向前走的力气。

就这样，你经历了高考。回到家一言不发，关上房门，趴在床上拉过被子蒙住脸。没有人打扰你，他们都以为你考砸了，心情不好。同学打来电话，出来玩吧。你无精打采地说："不了。"前几天还对他们说："考完后，我要彻彻底底地放松，狠狠地玩，狠狠地睡……"事实却并非如此。

日复一日的煎熬，日复一日的等待，你夜夜梦见自己去了一个陌生的地方，周围荒凉一片。你醒来，抹去脸上的汗。难道这就是不久后要去的地方，这就是未来……一个月后，分数终于出来了，那种焦灼不安的心情突然没有了，仿佛一个人追逐多年，到头来发现一切毫无意义，不过如此。没有人怪你，你却在心底深深地替自己难过。

你不是不够努力，也不是不够用心。恰恰相反。只是，终究离自己想要的差了那么一点儿，便成天涯。最要好的同学来找你，看着你手中的录取通知书，说："真他妈羡慕你……你考上了我一直想考的大学。"

再醒来，便见到了梦中的场景。一座工业城市的郊区，满目荒芜。父母陪你坐了一夜火车，拖着行李挤公交车来到目的地，入目的是一座刚建不久的新校区。教学楼没有想象中高大，没有传说中绿草茵茵的足球场，只有一小片长满杂草的荒地。地面坑坑洼洼，一群工人正在施工，噪音刺耳轰鸣。三两个拖着行李箱的学生与你擦肩而过，你在他们的脸上看到了相似的表情——迷茫，失望。

这是要待四年的地方，是努力二十年的梦想……你转过头，看着两鬓斑白的父母，有许多话想对他们说，终是无言以对。你知道，他们辛苦了大半辈子，用攒下来的积蓄供你来这里读书、生活，将来，还要在这里甚至更大的地方生根、成家。你想让他们心安，但，事实上做不到。于是，你强忍着泪意，努力扬起微笑给他们一个拥抱，说："你们回去吧，我会好好的。"

你想起从来没有迟到、从没有休假过的父亲，第一次为送你请了假。想起母亲起早贪黑，凌晨五点给你做早餐，深夜十一点给你煮夜宵。想起他用孱弱的肩扛着大包小包的行李，被路人冲撞，退让。想起她往你的背包里塞自制的糕点、腌的咸肉、酿的米酒。想起他们，为了省钱只给你买了一张卧铺票，陪你第一次出远门，走过一重又一重路……

昔日同窗如今变成无话不谈的好友。你发去短信向他抱怨新学校多么糟糕，生活多么无聊。他很快打来电话，二话不说还是那句："真他妈羡慕你……你去了我一直想去的地方。"

然后是四年平淡安静的大学生活。图书馆、食堂、宿舍，每天三点一线。背雅思单词、考GRE（美国研究生入学资格考试）、竞选学生会干部、勤工俭学、做家教、到处实习……这就是你生活的全部。同学工作的工作、恋爱的恋爱、考研的考研、出国的出国……你一个人躺在狭小阴暗的房间，盯着天花板想象着未来，它一定不再荒芜，也一定不再孤独。

就这样，走到了三十岁。没有房子，没有车，没有伴侣，没有孩子……也没有家，始终一个人。时间都去哪儿了呢，未来又在哪儿呢？攥着口袋里攒了近十年的存款，突然就想起了《百万美元宝贝》中的场景。热爱拳击的女主角历经艰苦拿到了比赛的高额奖金，没有给自己买任何礼物，却给妈妈买了一套房子。站在宽敞明亮的客厅，妈妈环顾四周，却皱起眉头对她埋怨道："你知不知道有了房子我就拿不到社会福利了……"她攥着钥匙的手微微颤抖。

那样温暖而让人疼痛的场景。倘若父母在身边，他们会不会因为心疼、因为舍不得而佯装抱怨，借故拒绝。你心心念念的，无非是给家人更加安稳幸福的生活，给自己一个温暖富足的家……

这就是你为之奋斗的人生。这就是你迟迟不肯回去的理由。

你掏出手机很想给家里打一个电话，却看到许久未曾联系的好友短信：嘿，你是最棒的，我真他妈羡慕你……我根本无法像你那

样一个人挺过来，你真的做到了······

看，不是没有人羡慕你，你从来不是孤单一个人。

一直记着的那句话是："没有人会陪你一辈子，所以，你要适应孤独。没有人会帮你一辈子，所以，你要奋斗一生。致自己。"

送给你。

将来的你，一定会感谢现在努力的自己。

{ 去爱吧，像不曾受过伤一样 }

艾弗列德·德索萨有首诗，第一句是："去爱吧，像不曾受过伤一样。"

最欣赏的男影星是莱昂纳多·迪卡普里奥，最欣赏的女影星是凯特·温丝莱特。

十七年前，他们合作第一部影片《泰坦尼克号》。七年前，他们再度合作《革命之路》。导演是凯特·温丝莱特的丈夫萨姆·门德斯，现在是前夫。

始终觉得莱昂纳多和凯特是最相配的，天意弄人，最相配的没有走到一起。他身边的人来来去去，她离了两次婚。

无论是杰克与罗丝，还是弗兰克与艾普丽，爱一直不灭。岁月在他们的脸上留下痕迹，昔日生离死别的情侣变成貌合神离的怨侣，从相恋到结婚，再到分手，依然是一条充满险阻的革命之路。

记得凯特拿到奥斯卡影后时，激动地对莱昂纳多大声表白，说："你是我最爱的人，Leo，我永远爱你，永远。"他是最懂她的，却未必是适合与她携手一生的人。但，他又是否知道也许她真的很爱他，不是朋友与亲人的爱，所以要抓住一个机会不顾一切说出口，让他知道。这无疑是需要勇气的。

爱情最大的难题是勇敢。我们通常把自己伪装成一个很刚勇的人，只有在爱面前才会表现柔弱。那个永远只看到坚强一面的人，他是否能感受到背后隐藏的软弱、凄惶，需要好好呵护被爱。人习惯戴上面具，保护自己、伪装自己、哄骗自己。我是这个样子的，你知道吗？你看不穿我。这不过是自欺欺人，只是害怕受到欺骗与伤害。可一定是受到欺骗与伤害之后，才会变得真正刚勇无敌。

更多时候，还是要表现得很勇敢。勇敢地说出口，勇敢地被拒绝，这不会是一件太难堪的事。男人要面子，女人要自尊。为了面子追求她，或者为了面子甩掉她。为了自尊和他冷战，为了自尊分手后不再找他。你一定很难过，他也一定会后悔。可即便难过、即便后悔，还是非常非常酷地往前走，不肯回头。

谁没有受过伤。谁的伤情不惹人怜。

人是感情动物，尽管有时候看起来理智。理智只是表象，再成功的男人与女人都渴望被爱，以及用尽心力去爱一次。只是，我们很难找到这个人，因很难碰到与之匹配的力量。

朋友孔雀在后背文了一只硕大的孔雀，彩色羽毛覆满整片皮肤。她说，很痛，但很过瘾。这只孔雀文身让她在西班牙国际文身艺术节上拿了金奖，登上杂志，受到很多采访。几乎每一家记者都问同一个问题："你为什么要文一只孔雀？"她说："我文的是自己。"

一年前，孔雀离婚，前夫是多年好友。她的婚姻不过是一时赌气，男人无所事事，婚前在一家国企当司机，碌碌无为，到处留情。婚后，他有了车，也有了房，这一切都是妻子给他的，他却理所当然把这些当作自己的，挥霍无度，心安理得。他刷她的信用卡，签她的名字，用她的车载别的女人兜风，甚至在她出差时带女伴回他们的家。这个男人，相识那么多年，若即若离、可有可无，却对她的人生产生致命的破坏力。终于有一天，她再也受不了，提出离婚。他漫不经心地点一根烟，说："好啊，房子分我一半，车留给我。"

孔雀和前夫打官司，那段时间几乎是她人生最黑暗的日子。撕破脸之后的争抢谩骂，不留情面的自曝揭底，都让人觉得无力。她说："以前他不是这样的，对我很好，我一不高兴他就载我兜风，陪我喝酒。我有一个非常相爱的男朋友，迟迟不肯跟我结婚。我赌气和他分手，赌气赔上了自己的婚姻。现在，我虽然离婚，解脱了，可我不想再爱了……太伤人了。"

因为和前男友赌气，嫁给自认为待自己不错的好友。婚后识得对方真面目，也终于明白，婚姻不是爱情，不能撤退，不能任性。她赢了官司，输了婚姻，也没了爱情。幡然醒悟，去找前男友，告诉他自己依然爱他，可对方已经不信，他有了新女友，并准备结婚。

前夫时常骚扰她，她只得卖掉房子，辞掉工作，住在一个不为人知的地方，非常孤独和辛苦。已经没有人可以去爱，也不敢再爱人。只有自己陪伴自己，她送给自己一只孔雀，文在身上，时刻提醒自己，要爱护珍重。

　　成年人的感情，更多是考量与审判。二十五岁之后，还能再有一次不计一切、奋不顾身的爱情吗？他说，你喜欢我吗？我喜欢他，但我知道他并不相信。所以，不如不说。

　　勇敢一定不是姿态，这与过去的认知截然相反。天真烂漫的女孩，大声表白，热烈拥抱，愿意交付身心。等到长大成人，有了顾虑与计较，突然觉得当初的自己那么傻。为何早早说出来，为何不逼他先说，为何要让他知道我的心意，为何他不能把自己完全交给我……那么多为何。她不知道，在早已交付的瞬间，已经给出了答案。

　　勇敢是内心的奔逐与仰望，像战士一样守护心门，随时打开与关闭。爱人的同时，要保护好自己，要比爱他更爱自己。即使受伤，也可以自我痊愈。但不能因此让它变成一块腐烂的死肉，不能让自己在漫漫的年华中腐烂、死去。

　　孔雀说，她已经没有力气去爱，也不相信爱情。她没有朋友，没有爱人，没有孩子。很孤寂。问我，为何会如此。我给她的答案是，因为你的任性与轻浮造成一切不稳当的局面。先让自己变成一个稳妥的人，先给予自己安全感。

我相信她一定会再一次爱人，那个人一定值得她心灰意冷之后再度燃烧。破茧的蝴蝶、扑火的飞蛾，只有经历过至痛的燃烧才美丽，才有力量接纳满满的幸福。任何单薄的事物，身体、经历、感情，未丰满之前必然有一段漫长的干枯与阴冷期。

大雪纷飞中，他递给我一把吉他，说："送给你，以后不会再写歌了。"转身，背上行囊离去。错失一次爱，以后还会再爱吗？我以为不会再有，我以为不配再拥有……有个人对我说："我爱你，你爱我吗？"

我爱你，再也没有比这更真的了。

{ 因为你不在家，我便永远没有家 }

父亲近来迷上了跳舞，一个人在家里放着音乐，跳着舞，自娱自乐。母亲逗他说："明年我退休，跟女儿去北京，你一个人在家慢慢跳吧。"父亲不紧不慢地关掉音乐，对母亲说道："那也带我走吧。你去哪儿，我去哪儿，没有你的家，就不是家。"

"没有你的家，就不是家。"

他们年轻时经常吵架，每次吵完，母亲负气之下把我带去外婆家，父亲一个电话都没有。几个星期后母亲带我回来，父亲就像什么事也没发生一样，日子照旧平平淡淡地过。

一山遇见之青的那天，是个雨天。之青打一把黑色的伞，西装马甲、七分格子裤、长筒靴……区别于以往见过的任何女人。这个女人真酷，一山心里想。那时候，他已经定了亲，对象是家里找人介绍的，不出挑，也不算差。一山没什么感觉，可结婚就是这样，没什么感觉可讲的。之青被母亲强迫嫁给她的表哥，可是她不愿意，便跟家里闹翻搬了出来。

搬出来后，之青住到了父亲的单位宿舍，她的姑姑给她介绍了一个对象，这个人就是一山。之青没有放在心上，她觉得自己还很年轻，谈婚论嫁尚且遥远。何况，她不愿意通过这种方式缔结自己的姻缘。她觉得，与之共度一生的人，一定是顺其自然、两情相悦。

之青十八岁那年，一山就认识了她，这以后，他常常去她的单位溜达或者吃饭。他托之青单位的哥们儿打探对方的消息：有没有对象、经常去哪儿、兴趣是什么……之青在图书馆工作，一山便常常去图书馆借书，算好时间，每隔一天借一本书。如此，便有了与之青频繁接触的机会。

平静的三年很快过去了，之青的感情世界依旧一片空白，也没有对一山产生好感。而一山，经过最初的汹涌与纠结，热情慢慢退去，亦不懂如何对之青表白。何况，他还有一个未婚妻。一山的父母催他回去结婚，未婚妻也在他家住了三年。一山依然以工作为借口不回家，他暗自决定和未婚妻解除婚约，娶之青。

为了之青，一山用盐酸洗掉手上的烟渍，戒烟戒酒，不再口吐脏话。他买了两张电影票，约之青出来求婚。在他的潜意识里，觉得只要他开口，她一定会答应。傍晚，突然下起了雨，他守在之青的单位门口，之青却因为排书忘记了与他的约定。等她想起来，电影已经散场了。之青觉得一山已经走了，转而释然，却不知为什么，手中突然掉落一本书。那是一山前不久刚还的，《钢铁是怎样炼成的》，她最喜欢的一本书。

三年，他借了无数本书，还了无数本书，却始终没有对她说："我喜欢你。"

之青打着那把黑伞走到学校门口，彼时，她想去传达室打个电话，对他说一声"对不起"。远远的，她看见一个身影站在大门外，背对着她，低着头来回踱步。仿佛心有灵犀般，他转过头，看到她，微微一笑。

待之青走到面前，一山从怀中掏出没有被淋湿的两张电影票，对她说："我喜欢你三年了，你，能不能跟我在一起……"之青方才知道，这场电影、这两张票是他求婚的道具，也是证据。

之青接过票，低着头默默地看着，流下了泪。

那一年，他们结婚了。

一山是我父亲，之青是我母亲。他们相识三十年，共同走过二十七年的人生岁月。诚然，一起走过的路途并非一帆风顺，有争吵，有欺骗，有背叛，有心灰意冷。可是，多年后，当父亲说"没有你的家就不是家"时，母亲还是流泪了。一山爱之青吗？爱。

爱，变成了一种虚无的感情，看不见、摸不着。在他中年的时候，有过出轨的想法，有比母亲更年轻、更漂亮的女人出现在他的身边，母亲选择了包容与谅解。她说是为了我，为了家……可我知道，远远不是。她固执地守护初见时他对她的心意、耐心的等待、善意的谎言……无论历经沧海桑田、世事变迁，无论是夫妻还是怨偶，他曾经，那么执着地追求过她。

这是我父亲与我母亲的感情。

她说："我初次见他，谈不上好，也谈不上不好，感觉平淡，转身便可相忘于人海……也许我只是需要一个陪我、爱我的人，他在对的时间来，容不得我有选择。你妈妈我，年轻时也曾渴望过爱情，但我知道，花有朝开夕谢，人的感情也是如此，留不长的。如果你问我，是否后悔当初的选择，即便他负过我、厌憎过我、抛弃过我……不，我不怨他，更不会恨他。恨会让人迷失方向，我有家庭、有婚姻、有孩子……这是他能给予我的全部。"

"因为你不在家，我便永远没有家。"

三十年的人生岁月，父亲对母亲说了这样一句话。比当初的"我喜欢你""我想和你在一起"更加珍重可贵。它囊括了过去与现在，囊括了我们共同走过的深厚时光。

相爱这个词是多么苛刻，我们很难要求一个人在数十年后依然深爱着另一个人。人是会变的，外面的诱惑，内心的空虚、寂寞。那些不被理解的惆怅、不被信任的无奈、不能靠近的失望与孤独，夜深人静时看着多年前写下的日记默默垂泪……这是我的母亲，她爱着我父亲的样子。

她说："我一直对他心存不满，挑剔这，在乎那，也许我要求过高了吧。哪个妻子不希望她的丈夫体贴入微、善解人意、有责任、有担当……转而想，算了，我们在一起二十多年也不容易。余下的二十年、三十年还要一起过……时间证明，他离不开我，我也离不开他。这，就是家。"

时间证明，你离不开我，我也离不开你。

原本该是情深并重，走着走着，却是满面风霜。有回忆就有沦陷，有盼望就有挣扎，有不舍就有遗憾，有笑容就有伤口。但，那又如何。时间让我们来到这里，相聚、相伴，再离开。那时的离开，一定是牵着手互看彼此，就这样吧，来世还能再见到你。

What if it rained? （如果大雨倾盆）

We didn't care. （我们不在乎）

She said that someday soon，（她说很快就会有一天）

The sun was gonna shine. （阳光灿烂如故）

And she was right，（我想她说的是对的）

This love of mine，（这就是属于我的爱）

My valentine. （我亲爱的）

············

年老的保罗·麦卡特尼写给他妻子的歌——My Valentine
（《我亲爱的》）

"这就是属于我的爱，我亲爱的。"

直至如今，我依然愿意相信，一个丈夫对一个妻子、一个妻子对一个丈夫来自内心深处藏而不露的感情。这份感情，也许经过数十年的反复打磨已变得苍白、透明、毫无分量，但它依然还在······

只要它一直都在，只要它在最需要的时候被拿起，就是爱情。

　　和卡卡是在理发店认识的，一个把刘海儿染成墨绿色的男孩，十七岁。与他闲聊，得知刚从学校出来，初中尚未毕业。

　　第一份工作是在建筑工地扛水泥，做了一个星期，因为坚持不下去而离开。第二份工作是给某物业公司当保安，坚持了一个月，与人打架生事被开除。这是他的第三份工作。

　　表面上看，卡卡是个吃不得苦、冲动惹事、毫无前途的男孩。他告诉我，在学校里经常打架，和老师唱反调，欺负同学，被勒令退学。游手好闲了一段时间，因为缺钱出去找工作。他说，除了自己，没有人靠得住。他要养活自己。

　　在理发店当学徒已经一年，累的时候站着都能睡着。刚开始什么都不会，但他个性桀骜不驯，不肯弯腰给人洗头。带他的师傅只让他做一件事——为顾客开门。每天上午十点营业，午夜十二点关门，除了吃饭时间，他要一直站在门外，低头弯腰，笑容满面。

开始的三个月，无论天气如何，他每天站在外面超过十个小时。空调与暖气享受不到，只能眼睁睁地看着。有一次，一个喝醉酒的客人来店里闹事，他不让人进，被打得头破血流。最煎熬的时候也想过放弃，像前两次那样。可难道要一直不停地换工作吗？一直找不到人生的方向，自甘堕落吗？

他的不还手与不放弃终于为自己赢得了一次机会。店里最好的师傅收他为徒，手把手地教他。站店的三个月令他养成了早起的习惯，每天第一个上班，扫地、擦桌子、归置到处乱扔的物品。每晚最后一个离开，洗毛巾、清点用剩的产品、检查电源和门窗。因为太累，回到宿舍倒头就睡，戒掉了游戏。见到客人下意识地弯腰躬身，不再觉得丢人。每天要洗好多头，皮肤长时间浸泡在水里，发白溃烂。指甲残留染发剂的黄色污渍，怎么洗也洗不掉。

这是他为一份工作辛苦的付出。作为回报，第一次给客人染发得到了好评。找他洗头的人越来越多，师傅越来越器重他，给他介绍了许多客户。他学到了手艺，也学会了耐心、谦虚、坚持与勤奋。

　　他讲起自己的经历，很小的时候父母离异，五岁那年父亲再婚，把他扔到乡下给奶奶抚养。他比同龄人晚两年上学，是班里年纪最大的，却因为营养不良长得十分瘦小，经常受到同学的欺负，从不敢对家里人讲。十二岁那年，奶奶生病，他被父亲接回城，才知道自己已经有了一个弟弟。因为叛逆，经常惹恼父亲，遭到毒打。没有人关心他，继母对他非常冷淡，连小六岁的弟弟都敢欺负他。数次离家出走，数次被找回来，面对的是更残酷的毒打和更冷漠的对待。

　　这是他不幸的童年，尚未得到父母的宠爱与家庭的温暖，一夜间长大。十六岁，因为打伤人被勒令退学，用奶奶偷偷塞给他的钱买了张火车票，独自背包闯荡社会。这一次，父亲没有再找他。他似乎已经放弃了他。反正，他还有一个儿子。他对着镜子，嘲弄地笑道。

　　卡卡一直自暴自弃地活着。想过死亡，想过吃了上顿没有下顿，和一只狗抢一只啃了一半的鸡腿；在地铁里乞讨，为了不让人看出来，在脸上涂满泥灰；睡过天桥，半夜被冻醒几次；摆过地摊，被城管追了好几条街……他说："你知道我为什么做这个吗？我来这里只有一个条件，提供食宿。建筑工人、保安、学徒，我选的工作都是为了生存，最起码不用再睡大马路，不再吃别人扔掉的盒饭。

"我知道，这里只是暂时的栖身之地。我学到了手艺，也许以后会回老家开个小店，娶个踏实的姑娘，为我生儿育女……我已经想好了十年后的生活，攒够钱，买一套房子，给我的老婆和孩子。我不是没人疼，也不是没人爱……我把我的经历告诉他们，我老婆会更加理解我，我儿子也会为我骄傲。"

内心有目标，有追求。这个十七岁的男孩给了我很深的触动，他没有读过多少书，也没有多么远大的理想，但他是让我感动与敬服的一类人。某种意义上，他已经是一个能够独自承担与背负重任的男子汉。

一场交谈，从未觉得时间过得这样快。我起身穿上外套，临出门前，转身给他留下E-mail联系方式。觉得是一次不可多得的缘分，告诉他，如果你有想说而无处可说的话，可以给我写信。他点头，笑一笑说，我会的。

如果很早就经历一些不好的事情，不要将它当成受难，而是当成一份珍贵的历练。相比还在沉迷游戏、向父母撒娇要钱的孩子，同样的年纪，他的目光已经穿过生活的表层落到了实处，心足以抵达一个成年人的高处。这是一次足以影响一生的成长，磨炼心性，奠定未来。假使没有困境之中的求生，也许就真的堕落下去了，一生早早泯灭，多么可惜。

梦想可大可小。一些人还在空想着未来该"如何如何"，一些人已经为"如何如何"而努力去做。即使他不如你的起点，没有你的条件。

"为了未来好一些，现在必须苦一些。" 这是一句再简单质朴不过的话了。对自己说，终是值得的。

{ 就算全世界与我为敌 }

读大学时，和好友商量写一本合集，名字叫《就算全世界与我为敌》。陈绮贞的歌。那时候非常天真，以为用心写出来就会出版，再不济也要在学校里广泛传播，发表在校刊上。当然，现在这个计划早就放弃，电脑里至今躺着我和搭档的文章。

要留下以后想起来都会笑的物事。一篇文章，一首歌，一封书信，或者一个背包，一瓶香水，一盒巧克力。

有太多珍藏，它们普通而廉价。一支写不出字的旧钢笔，一本掉了封皮的笔记本，一只铃铛生锈的风铃，一张看不清字迹的贺卡……用铁皮盒子把它们装起来，锁进柜子里。忘了是谁送的，想不起来写下温暖字句的人的名字。有一本同学录，夹了旧日同学的照片，一张一张翻看，却无法描摹他们现在的样子。

你，可曾做过类似的事。

一个叫Cherry的同学送给我一串风铃，聚拢的五颜六色的花瓣，轻轻一扯，打开是一只振翅欲飞的蝴蝶。她在背面写道：我送你礼物，只是想让你知道，在这个冬季还有人给你温暖。我把它挂在橱窗上，但已不记得Cherry是谁，现在在哪里。

要珍惜身边人。和你做同桌的男孩，和你较劲的对手，悉心教导你的老师，送给你礼物的同窗好友，通宵奋战的工作搭档，激励你的上司，朝夕相处的室友，给你倒一杯热水的同事……因为，我们不知道什么时候他们就会离去，再也不会出现在自己余生的世界中。这在当时觉得没什么大不了的事，日后想起来都是隐隐生痛的怀念。

受到陌生人的攻击，虽言辞激烈，但要报以理解。每个人对待事物的认知与方式不同。有些人十分激进，不允许别人触及心中的圣地，一触及就会被看作诋毁、侵略、亵渎。人做到相互尊重非常难，因为写一本书而遭到谩骂，因为唱一首歌而遭到起哄，因为输掉一场比赛被嘲笑，因为一部电影上映被攻击……但他们努力过、用心过、付出过，渴望得到所有人的肯定。输掉的一定不是技巧、功力、情感、声誉，而是人与人之间的那份尊重。

生活中难免会遇到让自己生气甚至难堪的事。学校里的流言蜚语，办公室里的明争暗斗，宿舍里的排挤孤立，如此种种。请不要为此压抑难过。要相信人本是善良的，在你们相识之初一定是友好融洽的。为何会变得冷淡，为何越走越远，为何反目成仇……想想一步一步导致结果的过程，不仅仅是误会或他人怂恿那么简单。

在他对你存恶的同时，你也对他存了恶。在他伤害你的同时，你也伤害了他。关系相互作用，不能一味把自己当作受害者、最可怜的人。用宽容的心去接纳，给予对方一份尊重与体谅。只有先给予，才会得到。他会因为你的态度重新认识你们之间的关系，不是你改变了他，而是你引领着他。

那首歌是这样唱的：就算全世界与我为敌，我也不会逃避。我要的不只是爱你而已，我要让所有虚伪的人都看清自己。

"就算全世界与我为敌，我也不会逃避。"

如果想要自由，就要先承受束缚；如果想要快乐，就要给予身边人快乐；如果想要得到，就必须放弃一些东西；如果想要安心，就无须在意别人的态度。这世间有太多太多人，在为别人的抱怨、辱骂、刺激、疏远、敌对而活，你也许正是其中之一。而这，才是你痛苦不安的原因。

重新认识自己，重新将自己置于正确的位置。

为自己击掌。只要你认为是对的，那就是对的。

所谓，"我正在努力变成自己喜欢的那个自己"，
是住在自己喜欢的城市，做着自己喜欢的工作，
吃着自己喜欢的美食，过着自己喜欢的生活……
最重要的是，和喜欢的人在一起。

04

请你努力：让你难过的事，有一天，你一定会笑着说出来

Please keep yourself warm,
no matter how cold the world is.

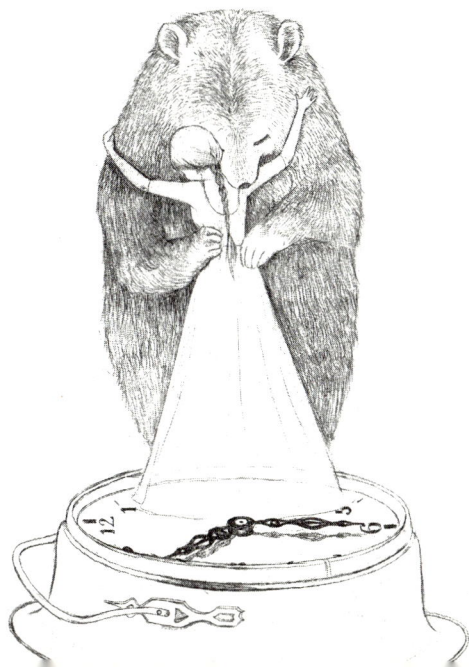

{ 让你难过的事，有一天，你一定会笑着说出来 }

一段反复纠结的情绪，痛定思痛挥之不去。

一个孤独至深的夜晚，辗转反侧难以入眠。

你依旧在意别人的言谈，想知道他们在背后说了多少你的坏话。曾经非常好的朋友突然变冷淡了，你小心翼翼发去试探的话，字斟句酌，企图言归于好。换来不过是简单的一句：你多心了。相恋几年的爱人不告而别，迎着寒风等了一个晚上，收到他登机前的短信：我要出国了，不用再等了……

你一定遇到过类似不堪回首的经历。譬如，精心打扮一个下午去参加一个高级宴会，所有人都用异样的眼光看着你；通宵奋战一个星期，递上去自以为很出色的项目企划书，遭到上司劈头盖脸的痛骂……想想这些其实没什么大不了的事情，却令当初的你难过了很久。

你生来格格不入，努力让自己融入这个社会。想要独善其身，十分在意别人会不会孤立你。你有与众不同的品位，穿复古长裙、戴尖顶帽子，偏偏低着头害怕好奇窥探的目光。你喜欢到处旅行，为了生计都只能从早到晚坐在格子间。你常常郁郁寡欢，追求你的男同事讲冷笑话一点儿都不好笑，你却捂着嘴笑到流泪。你有洁癖，一件内衣不会穿超过三次，洗手一定要用香皂反复搓洗，但要每天忍受地铁里各色人群的推挤和冲撞。你不能喝酒，但为了拿到一笔订单，周末陪客户喝到胃出血。你从不吃辣，但为爱人学做水煮肉片，吃到过敏。

童年的阴影、家庭的破碎、失恋的打击、早期的落魄……在你的心里留下深刻创伤。你从不轻易对人提起，因那是人生中最不可被触碰的禁区。最好的朋友背叛了你，最深爱的人离你而去。你看似不动声色，假装无事，夜深人静时独自掩面哭泣，再也不相信这世间有可交托的信任与真情。

爱情与友情的保鲜期能有几年，一生中最好的年华又有几年。永远有多远，还可以再等待多久。

你慢慢变得物质化，也慢慢变得无情。失去勇气和信任之后，你觉得，不如自私些、冷漠些，才不至于伤人伤己。比起千辛万苦追不到的梦，更倾向眼前不劳而获的实际。一朵开在深谷里的幽兰，不如插在花瓶里的假花珍贵；一个住在记忆深处念念不忘的人，不如带来切实好处的人重要。

简单、稳妥、安全，不用寻找，不必妄想。翻山越岭看到传说中的海市蜃楼、斜阳暮雪，它会比霓虹城市、摩天大楼更吸引你吗？他们在那里，你在这里，原本没什么不同。只是，他们过得比你真实，比你快乐。

某个快要天亮的清晨，你突然听到了一首老歌。把音量调大，开车在高速公路上疾驰，打开车窗，任凭冷风割面，彻骨的冷，彻骨的疼。你想起了一些往事：当初的失败，造就了今日的成功；当初被人抛弃，如今有更好的人陪在身边。当初翻山越岭寻找的那朵空谷幽兰，如今已经在记忆的深处摇曳开花……于是，你轻轻地笑起来。

"让心上受苦的，从来不是事情本身，而是对事情的想法和围绕着这个世界编造的故事。"

一件耿耿于怀的事，过几年也就忘了。一段念念不忘的情，过几年也就淡了。一个深爱与深恨的人，过几年便住进了回忆的坟墓里，想起来都费力。

让你难过的事，有一天，你一定会笑着说出来。

那么，也就释然了。

{ 我正在努力变成自己喜欢的那个自己 }

日本摄影师大塚千野，利用旧照片在相同的地方拍摄并合二为一，制作与自己的合影，时间跨度二十年以上。大塚将照片整理成一本书，名为*Imagine finding me*（《找自己》）。

与另一个时空中的自己邂逅，寻找记忆的同时，开始新的人生旅程。

把十几年、二十几年前的旧照片拿出来，看看现在的自己都发生了哪些变化。这是一件非常有趣的事情。你会发现，变的是容貌、身高和穿着，不变的是神情、仪态、笑容、站姿。对着镜头，与过去的自己站在一起，一大一小，一眼便看出来是同一个人。

世界上只有一个独一无二的自己，即便是双胞胎，神情、动作、笑容都不可能一样。大塚千野的创意提醒了我们，要珍重、爱护自己，无须为正在老去的自己感到难过。

小女孩梳着童花头，穿着背带长裙站在海边，模样娇弱带点儿拘谨。近三十年后，站在同一个地方，已过而立之年的女子，歪着头，穿着黑色T恤牛仔长裙，一只手插在兜中，模样俏皮随意。任何人看到这张照片，都会生出沧海桑田的感觉。但照片里的人应该是快乐的。

1976年的镰仓与2005年的镰仓、1982年的巴黎与2005年的巴黎、1985年的北京与2005年的北京……童年、少年和成年的大塚千野，分别在相同的地方留下身影，这些照片在网络上快速流传，引起集体追忆。大家纷纷翻出老照片，回忆童年、少年、青年时的自己。

我把自己关在房间里，心血来潮地将从小到大的照片全部翻出来，一张一张在床上摊开。按照年份排列：满月的样子，坐在藤椅上咧开嘴，皮肤雪白，笑得十分无邪；依偎在爸爸怀里，父女俩发型相像，像是一个模子里刻出来的；全家福，坐在父母中间，一只手被妈妈牵着，一只手揪住爸爸的耳朵；一个人坐在堆满毛绒玩具的床上，低头弹琴；梳着高高的辫子，举着扇子，在舞台上跳舞；背后是蓝天大海，穿着红裙，长发飞扬；站在古老斑驳的城墙下，望着路灯，不经意被抓拍……这些照片背后都有注明年份、在何种情况下拍摄，以及拍摄者。

一个出版界的朋友想做一本关于成长和亲情的图文集，看到我在微信上发的照片，有意购买。我将照片整理给他，只有一个条件：书出来送我一本。

总觉得这些照片有珍贵的价值，看着在某个时空凝定的影像，仿佛回到当年。十岁的生日宴，父母为自己录像，刻下光盘，当中一些人已经不在了。当时在一张桌上把酒言欢的亲人、朋友、同事……有些已经十多年未见，有些彻底失去了联系，还有些因为利益反目成仇。人要善待自己，也要善待他人，我们会被时光带走当年的模样，别让一张饱经风霜的脸上只剩冷漠与沧桑。

更加喜欢自己的前提是，怎样努力成为更好的自己。

一个姑娘写下她的减肥经历。辞职后的一个月，她整个人沉浸在失落与迷茫中，身体不知不觉发胖。当她打起精神去见朋友时，对方差点儿没有认出她来。她意识到必须要减肥，为此制订了严格的运动计划：每天跑步半小时。

当她坚持跑了三天后，发现比体力消耗得更快的是意志力。第四天，她放弃了继续跑步，前面的努力前功尽弃。之后的几个月，她开始关注一些关于跑步的文章，买了村上春树的《当我谈跑步时，我谈些什么》。她渐渐发觉，最难的不是每天跑步半小时，而是回到家穿上跑鞋出门，享受跑步带来的放空。

半个月以后，她从开始的每天跑步半小时增加至一小时，几度想放弃，却在每次撑不下去的时候，有个声音在心中响起：相信自己，死不了的。当她坚持跑完一小时的路程，竟然有一种打了胜仗的感觉。

"平凡如你我，怎样成为更好的自己？"

她的回答是：要成为一个享受运动的人。

想拥有魔鬼般的身材，就去运动，享受整个过程；想改掉晚睡的毛病，就在十一点前关掉手机和电脑，躺上床闭上眼；想去某个国家旅行，就先了解那里的风土人情，最好学一些日常用语；想拥有一个美丽的生活环境，就要学会打扫卫生；想治好拖延症，就先把今天要做的事情做完；想开始一段美好的恋情，就先让自己拥有一份好心情。

如果你觉得生活越来越好，作息越来越规律，做一件感兴趣的事越来越带劲……那么，恭喜你，你正在成为更好的自己，你会越来越喜欢这样的自己。与年龄无关，与身材无关，与容貌无关，当然，也与物质无关。

所谓，"我正在努力变成自己喜欢的那个自己"，是住在自己喜欢的城市，做着自己喜欢的工作，吃着自己喜欢的美食，过着自己喜欢的生活……最重要的是，和喜欢的人在一起。

我正在努力变成自己喜欢的那个自己……你也是这样吗？

{ 心中有牵挂，生命才能坚强 }

一个人在入狱前对我说了一句话："心中有牵挂，生命才能坚强。"

他年过半百，没有孩子，半生拥有的是看得见的权力与看不见的财富。某天，锒铛入狱。我去探望他，他头发花白，非常消瘦。一年前见他，略胖，没有一根白发，炯炯有神，走路生风。带给他云南的普洱茶，他与我讲茶道，说："煮茶如做人，要不温不火，过犹不及。"说一套，做一套，没有想到他很快落得如此下场。

问他，既然心中如明镜，为何还做糊涂事。答，正因为太清楚自己的弱点，总觉得什么都是留不住的……要是有个孩子就好了，不至于犯错。

对于犯错的人，可怕的不是不知道犯错，而是明明知道还要去犯；难的不是知错就改，而是不知道怎么去改。

　　他的女儿，十四岁那年投河自尽。那时正值他平步青云，身在外地，没有来得及赶回去参加女儿的葬礼。他是在吃早饭的时候，看着窗外，突然平静地说起这件事。言毕轻轻一叹，并没有多少身为父亲的自责与愧疚。

　　把痛藏在心里，从不向任何人示弱。太清楚自身缺陷，最先想到的不是弥补，而是想方设法掩盖。这实在是人最笨拙的自保与最脆弱的认知。

　　与他一年见一次面，我们像父女，更像是再平淡不过的老友。距离一定不是由时间产生，而是由看待事物的心性和解决事情的想法产生。他回忆十多年前得知噩耗的那一幕，痛得埋下身体，心仿佛被挖去了。他说，他迟早要为"杀"死自己的女儿赎罪……所以，如今的下场，是故意为之吗？因女儿痛恨他为仕途漠视家人，便亲手用仕途葬送自己。这一刻的结局，或许早在十多年前便已预料到。

　　有一次，随他去那条吞噬她女儿的河边。他静静地看了许久，一句话也没有说。突然，一条鲤鱼浮出水面，他蹲下身，把手伸进水里，试图捧起它。鲤鱼受惊沉入水中，他痴痴地看着，双脚沾湿不觉。我看见倒映在水中他的脸。他轻声说："我老了。"彼时还没有白发，可我已看到了他苍老的模样。

每年女儿的忌日，我都会陪他去那条河边，静静地看着水面不语。他一定在期待着那条浮出水面的鲤鱼，他在想，会不会是女儿的魂来找他……那是我们过去一年一次见面的地方。

他是母亲的好友，年轻时追求过母亲。后来家中困难，他几次接济，助我们渡过难关。这层关系，外人并不知道。母亲有意让我做他的干女儿，她不忍他老无所依，并以此作为曾经帮助过我们的报答。他婉言拒绝，开玩笑说："我更希望成为你女儿的朋友。"

我与他，每次见面都不会有太多交谈，大多时候，他说我听。他教我做人处世的道理，说，不要太在意得失，不要过急地抓住想要的东西。在做一件事之前，先想清楚这件事带给自己的利弊。从困境中学到解决和提升的方法。尽可能低调，与周围每个人相处融洽，不必计较他们的真情假意……你要在这个年龄让自己尽兴和满意，让他人更多地包容和接纳你。

　　他如一个再亲近不过的长辈，循循善诱，恨不能将几十年悟到
的心得全都灌输于我。我心中感激，却也悲凉。在他的心里，也许
我更适合做他精神的慰藉品，可我始终是自己，不能代替他逝去的
孩子。有时不免想，人为何要用这种自欺欺人的方式需索代价。一
面唯恐别人知道他的软弱与忏悔，一面很希望别人理解内心的可
为与不可为，获得自我拯救。但这一切对如今的我而言，没有什么
意义。

　　他入狱前最后一次与我见面，大概已经知道那天很快就要到
来，没有惊惶与不安。那天天气很好，阳光温暖，微风轻拂。我们
依旧像过去的每一次，散步来到河边。这天的他话格外多，问我交
男朋友了吗？打算在北京定居还是回来？书写得怎么样？一个人是
不是很辛苦……全都是些生活琐碎的事。我知他想再扮演一次父亲
的角色，对我，对心中多年不肯放下的执念。我们驻足看了河面许
久，水面微微泛起涟漪，他目不转睛地看着，直到太阳落山。

　　想象中的那条鱼没有出现，或许从未出现。他依旧蹲下身，双
手伸入水中，水滴穿过指缝，消失不见。那一刻，我仿佛见到小小
的她，渡河而去，渐行渐远。

他被带走的那天，风雪交加。警车驶入家中，他正坐在女儿的房间，非常平静。妻子为他梳头，穿上最后一件大衣，弯腰给他系鞋带，他们相视一笑。这是母亲告诉我的。她带我去看他，他问："你对我失望了吧。"我摇摇头，对他说："心中有牵挂，生命才能坚强……你要坚强。"他轻轻笑起来，很满足。

突然想起一句话，我们所受的种种世间苦，不过是为了给爱的人赎罪。苦有多深，爱便有多深。而生命的坚强，并非心中没有牵挂。是牵挂太深，把自己锻造成一柄坚韧的利剑，收敛锋芒，交给黑夜。

在漫长的黑暗孤寂中，在余生的平静赎罪中，见到晴天。

{ 你关注的人，决定了你看到的世界 }

看到一则帖子，是教你如何看一个人。说不合群、独来独往的人，必然有过人之处；受人嫉妒、非议的人，必然具有某方面的能力；找男女朋友时，眼光挑剔的人更追求完美；在人群中发出不同声音、敢于得罪人群的人，必然有能耐；固执的人大多时候比随顺的人要强；狂妄的人之所以狂妄是有资本；走路比别人快、腰杆比别人直的人，不可小觑；喜欢静静沉思、走在路上神情镇定不东张西望的人，一定很有自己的想法；当一群人都反对，仍然不改变自己想法的人，将来会成为大人物；为了生存能放下架子捡垃圾、擦皮鞋的人，日后会有出息；几乎听不到他说谁很厉害的人，自己就很厉害；今年做的事明年继续做，这种人具备持之以恒的精神，一定会成功；能够很好地品评各种人物的人，具有很强的洞察力；大多数人似乎觉得周围的人相差不大，这是缺乏洞察力的表现；激进的人日后一旦变得稳重，定有作为……

说到底，人要笃定自信，要擅于从同类中找到自己被埋没和误解的品质。

我们很容易随波逐流，甘于做一个与常人无异的人，即使本身有才能、有远见、有梦想，也会因环境的影响、别人的不理解、自我的放弃而让才能丧失、梦想磨灭。这是非常可惜的事。为何总觉得不够？为何总是唏嘘遗憾？想一想自己，是否在最应该坚持的时候放弃，在最需要抵抗的时候妥协。

要和给自己带来提升的人在一起，无论工作关系还是感情生活。要对自己有标准，对生活在周围和喜欢的人有标准。茫茫人海，为何会与她性情相合，为何会与他走到一起，一定有原因。彼此能看到对方的深切困惑，能感应对方的强烈需求。这便很好。

日子过一天是一天。时常觉得，那个可以用力去爱的人，是找不着的；那个足以共享秘密的人，是不存在的。与异性朋友聊爱情，说，在对的时间遇到对的人，完全是扯淡，你赶紧凿山渡海，抓也要抓一个来。问题是，在山与海的另一边，是否住着等待你去捕捉的猎物，能抓到的不过是虚空和风。

一个让你驻足、徘徊、反复惦念的人，一个让你长久渴慕、心驰神往的人，是等不到也抓不到的。任何人与人之间的相处，有心追逐还是无心偶遇，都不会是简单粗暴的捕猎游戏。建立清淡对等的关系，有自己纯粹坚固的天地，听丝竹之音遥遥举杯，坦然邀请或是不请自来。这才是最稳妥健康的相识、相恋、相认。

一些人在玩游戏，一些人在跳舞，一些人在大声说笑。另一些人在独自看风景，闭目听音乐，默默品尝美酒。没有相互斗争、鄙视、厌恶、敷衍、攻击。真诚相待，淡淡欢喜。即使做不到如对方那般，即使明明知道观念不同、兴趣不同、性格不同，也会欣赏他们的言谈，理解他们的行为。这是最好的相处之道。

生活是一个小小的圈子。在自己的小圈子里坦然自如，没有比之更轻松愉悦。那些让你身心愉悦的人，不要计较他们的缺点；那些曾带给你帮助的人，不要计较他们是否在不经意间伤害了你；那些默默无闻甘于平淡的人，要看到他们的善良和闪光之处。反之，你又是否给予对方愉悦、帮助、温暖与善良，而同样让他们不在意你的恶、你的失、你的穷困和过错。

我们遇见的人、关注的人、结交的人、欣赏的人……与之生活并相爱的人，潜移默化中发生影响，成为照亮自己的镜子。他们的存在，是为了与你相认，从这面镜子中看到另一个自己及所在的天地。

　　"你关注的人，决定了你看到的世界。"

　　的确是这样。

{ 有些事现在不做，一辈子都不会做了 }

做一件事，先设立目标。一份薪酬高却并不热衷的工作，与一份薪酬低却适合自己的工作，你会选择哪个？我选后者。

毕业后，我没有立即工作，而是一个人背包几乎走遍了沿海所有城市。一路向南，从大连到青岛、到上海、到宁波，落脚点是温州。看遍江、海、河，穿过内陆去了武汉和西安。真正的工作经验其实很少，毕业几年，留下记录的工作只有两份。

可我不后悔那时的肆意与任性，年轻就是随心所欲、独自闯荡的资本。

毕业前做过各种各样的工作，在学校的时间非常少。为此，大二那年搬出去租房子，一个人住一间阴面的小房间，没有空调和暖气。因为瞒着家里，房租只能自己担负，那时候在学校组了一支乐队，每个周末再忙都要回去排练。我是架子鼓手，想拥有一套雅马哈鼓，去酒吧和7-11店打工，攒了半年的积蓄才买下来。

想到处旅行，便去北京考下了中文导游证，一年后，拿下英文导游证。在故宫遇到一个德国老人，他对中国历史很感兴趣，英语都不是我们的母语，却一路陪伴，相谈甚欢。给他免费当了三天导游，带他去长城、天坛、颐和园……分别之际留下彼此的联系方式，一年之后他寄给我他出版的游记，并在后记对我表示感谢。

每个周末出门带团，非常辛苦。天不亮便起床，深夜两点后才能入睡。有时，醉酒的客人要求晚上陪他去兜风；有时，客人与客人之间因房间安排产生纠纷……这些要求和问题都需要及时解决，没有人帮自己。那年，我十九岁，第一次带团去鸟巢，因为司机不认道儿，在北五环绕来绕去。那天是全球熄灯日，一路上看不到灯光，车辆很少，满车游客十分疲惫，因为迟迟找不到目的地开始抱怨、发火。大家纷纷要求下车，并要向旅行社投诉我和司机。因为人生遭遇的第一次质疑和指责，内心十分委屈，但我知道这是我的责任，不能逃避。

后来，还是找到了地方，恰巧熄灯一小时结束，奥林匹克公园的灯全都亮起来，如梦似幻。仿佛穿过一夜黑暗突见黎明，大家忘了之前的不快，纷纷下车参观、拍照。陆续有人找我为他们拍照，他们宽容地谅解了我，几位旅客为刚才的行为道歉，小孩子给我糖吃，老人拍拍我的肩，说："孩子，我们都能理解……"那一刻，我有了想哭的冲动，真的哭了出来，非常大声。

所有人都不知所措，想要安慰的话堵在喉间。司机尴尬得涨红了脸，一个劲儿地道歉："小姑娘，是我的错，连累你了……"其实，我不是因为委屈而哭，更不是因为害怕担负责任和承受数落而哭，而是因为人性的宽容与善良，因为一次哭泣便能让自己瞬间长大，它会告诉我：你是个大人，要学会承担和承受。

我在念大学期间做了许多一直想做的事，规划自己的职业理想，当个国际导游或是开个家教补习班，也曾想过要不要和队友一直把乐队进行下去，每星期再忙都要聚一次去排练。别的同学为出国考雅思、GRE，为考公务员拼命背题，为考研补各种各样的收费课……而我没有。我知道，出国、考研、公务员……这些别人争破脑袋迫切想抓住的所谓的"前程"，我不会跟随，也没有兴趣。

人的追求与际遇是不同的，应该有自己的目标和定位。

　　如果你有一直想做却没有做的事，不要只是空想，放手去做。做一个网站、开一间书店、背包周游世界、约爱人看场电影、周末学做蛋糕……如果这件事已经迟了，如果想做这件事的心情过了很久之后没有了，问一问自己，会觉得遗憾吗？现在还来得及吗？

　　有些事现在不做，一辈子都不会做了。

　　有些人现在不抓住，一辈子就错过了。

　　错过的风景太可惜，错过的人，就让他（她）随时间而去。留下美好的，值得怀念的，某个午夜，听着怀旧歌曲静静想起，他（她）在远方好吗？结婚生子了吗？当初我们说好一起去完成的一件事，还记得吗……没关系，就算只有我一个人，就算那个人已经忘记了，我还记得，我会独自去完成。

　　趁一切还来得及。

你习惯了一个人，自己笑、自己哭、自己吃饭、自己睡觉，以及自己应付生活中出现的各种难题。

而这时候，你也许已经三十岁、四十岁、五十岁、六十岁、七十岁了，才算真正地长大。

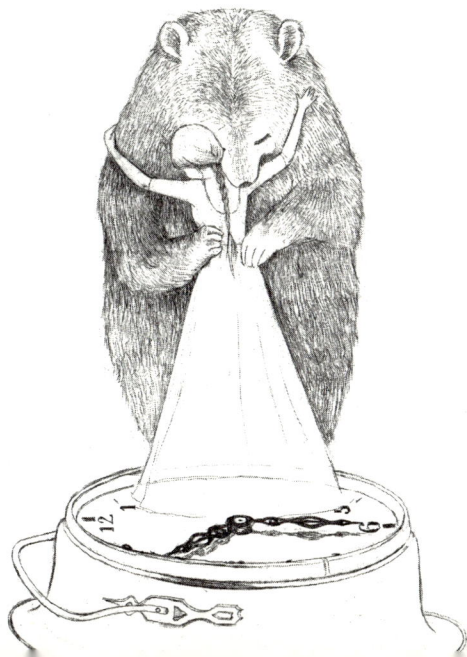

| 05 |

请你晴朗：
值得你流泪的人，
舍不得你哭

Please keep yourself warm,
no matter how cold the world is.

｛值得你流泪的人，舍不得你哭｝

人总是要生病的。只有生病的时候，才会想起一些被刻意忘记的人和事。睡前故事火了，并非因为这些故事多么打动人心，你知道，你只是需要一个临睡前的慰藉，它们让你更静，或者更安定。

你在打吊瓶的时候，想到的第一个人是妈妈。小时候每次生病，瑟缩在妈妈怀里，尖尖的针头扎进皮肤，你恐惧地浑身颤抖、放声大哭。妈妈将你搂在怀中，柔声哄道："宝宝不哭，宝宝最勇敢了……宝宝是妈妈最骄傲的孩子，一点儿都不怕疼……"于是，你仿佛也不觉得有那么疼了。有个人对你说要勇敢，你便真的可以忘记疼痛，克服恐惧。

第二个想到的人是初恋情人。十七八岁的年纪，既想摆脱父母迅速独立，又循着惯性的依赖，渴望有一个母亲之外的人好好呵护自己。他扮演着家人与恋人的双重角色，军训中暑，给你送来水和清凉油，温柔地涂抹在太阳穴，对你说，马上就好了，你乖些。

　　她给你洗染上月例的内裤，一边洗一边语重心长地感叹："大姑娘了，不知道什么时候才能不依赖妈妈。"她给你洗打完球扔回来的臭袜子，一边洗一边笑着抱怨："臭小子，连双袜子都不会洗，将来怎么出去独立啊。"她的手，一下一下轻抚你酸痛无力的背，你说："这里，这里，还有这里……"仿佛疼痛真的随着那一下一下缓慢的轻抚渐渐消失了。

　　他在你累了的时候给你肩膀依靠，早上为你排队买早饭，晚上陪你轧马路、背单词。你生气的时候，他是你的出气筒；你难过的时候，他是你的开心果；你脆弱的时候，他是你的强心剂；你孤独的时候，他是你的软抱枕……你说："天上的星星那么美，我好想摘下来。"他笑一笑，搂住你的肩膀亲吻道："傻瓜，你的眼睛才是最美丽的星星，永远在我的心里。"那时候，他是真的非常爱你，你也以为会这样和他一辈子。

　　天昏地暗，茶饭不思，病痛渐渐蚕食你的意志。你向来天不怕地不怕，觉得无论发生什么大事，无论生什么样的大病，总有个人陪在身边，遮风挡雨，抵御一切。身体缩成软软的一团，持续高热，那个抱自己入怀、给自己喂药、说着"你要勇敢"的人，现在在哪里？

若干年后，你长大了，习惯了疼痛，也习惯了一切自己扛。生病了不治，熬过一夜就没事了；受了委屈，不会告诉任何人，手机拿起来又放回去。你成为这个世界上最孤独也最有弱点的超人，可惜没有人知道，他们都以为你过得很好。

你不再是妈妈怀里只要哄一哄就不哭的小宝贝，你有了自己的生活，有了需要照顾的人。你也不再是故意不吃早饭饿得胃痛，只为对方一声温柔的责备、一个心疼的眼神的狡黠少女，他不在身边，剩余的时光还要一个人继续走下去。

过去是明明不痛，却假装很痛。
现在是明明很痛，却故意忽略。

躺在床上，闭上眼睛，一幕幕画面如电影镜头般掠过。手不禁抚上额头，仿佛母亲温柔的触摸，眼泪慢慢流了出来。你很想这样一直睡下去，如此，便不必再艰难地扛着那些伤、那些痛、那些沉重的负担与黑暗中的孤独。你明白其实没有人可以指望，母亲在千里之外，恋人成了别人的。当你明白这一点，反倒不再流泪。

你不再空想病着的时候，母亲做的一碗热汤面；不再期待昔日恋人的怀抱，临睡前准时打来的电话。你还好吗？你还好吗……这样想着，不自觉地仰起脸，如同小时候那样，仿佛下一刻，母亲温暖的掌心覆上来，缓缓摩挲。夜空最后一颗星隐隐消失，天光透亮，黎明到来。你看着被子上的阴影一点一点散开，掌心都是汗，最煎熬的一夜过去了。转过脸，早晨的阳光透过窗帘照进来，你微微眯起眼，这一天与以往的任何一天，没什么不同。你又变成那个坚强得无所不能、不被窥探与打败的超人，而你，再也不会想起谁，也不会为谁流泪。

就这样过了许多年。

有一天，你在五星级的高级酒店，面对一桌的山珍海味，突然提不起筷子。陪坐的人问你怎么了，你摇摇头，想起了母亲做的那碗热汤面。从五十层楼的高空俯瞰夜景，灯火辉煌，星光灿烂，却令你觉得遥远而陌生。你很想再吃一碗母亲做的热汤面，很想再被她握着手，轻轻抚摸一下额头。闭上眼，躺在华丽寂静的房间，闻不到一丝温暖熟悉的味道。微风吹进来，你睡不着，直起身，在黑暗中无声地坐着，莫名地，为那些想着的人、爱过的人，流泪。

母亲已经不在了。爱的人，也不在了。你打开灯，看到镜子里的白发，皱纹横生的脸，黯淡无光的眼睛……曾几何时，那个人对你说，你的眼睛是天上最美的星星。你轻轻地笑起来……自此以后，你再也不怕孤独，也不畏惧黑暗。你习惯了一个人，自己笑、自己哭、自己吃饭、自己睡觉，以及自己应付生活中出现的各种难题。而这时候，你也许已经五十岁、六十岁、七十岁了，才算真正地长大。

总有一次流泪，让我们瞬间长大。
总有一次流泪，让我们懂得人生。

可亲爱的，我要告诉你，再苦、再累、再难过，也要挺起胸膛微笑着面对这个世界。因为，值得你流泪的人，一定舍不得你哭。

{ 心是晴朗的，人生就没有雨天 }

在上海的日子，安宁幽静。早春时节，桃花初绽，细雨霏霏。一个人在淮海路喝咖啡，透过窗户看行人穿过马路，穿白色大衣、红色短裙的长发女孩仓促上了一辆车，迅速消失。戴棒球帽的高大男子背一把吉他，领口竖起来，躬身前行。背着背包的小男孩牵着妈妈的手，小小的身体被妈妈护在怀里，从窗边走过，背影像极了我教过的孩子——小熊。

绿色双肩背包，格子衬衣，白球鞋，一双清澈沉静的大眼睛，这是他留给我的第一印象。除了最初见面的一声"姐姐"，很长一段时间里，我们没有说过一句话。小熊有自闭症倾向，害怕和陌生人接触，在我之前，已经连续换了三个家教。我和小熊的相处，便是在一间寂静无声的房间，他不讲话，我也不讲话。时间久了，他经常偷偷看我，似乎好奇我为什么不主动逗他说话。

　　我发现小熊很喜欢画画，房间是他绘画的天堂，墙壁上贴满他大大小小的画作。我与小熊的沟通，便是从绘画开始。我买了各种各样的绘本，给他讲几米和阿狸的故事。慢慢地，小熊接受了我，但还是不愿意和我讲话。我又买了拼图，教他用卡片拼成各种有趣的图形，城堡、摩天轮、长城、尖塔、小丑，还有一只胖乎乎的小熊。我指着拼好的画板对他说："这就是你。"他笑了。

　　经过一个多月的努力，小熊终于和我说话了，渐渐地，我们的交流越来越顺畅。我用讲故事的方式教他单词和短语，他听得很认真，说长大了要成为像几米那样的画家。我们做各种各样的小游戏，用卡片拼单词、看图猜地名、连连看、情景对话……与他相处的时间越来越长，他脸上的笑容也越来越多。他告诉我，单词默写拿了满分，老师夸他进步很快……孩子的开心与满足，有时看似很难，有时又非常容易。

　　走的那天，外面下着小雨，好像几米的童话世界。

　　"窗外放晴了，屋内仍继续下雨。我微笑，并不等于我快乐。我撑伞，并非只是为了避雨……"我轻声念着，小小少年依偎着我睡着了，嘴角微微翘起，像是进入了甜美的梦乡。我轻轻放下书，将他的身体放平躺在床上，穿上衣服悄然走出去。离别如此仓促，我不想一场不告而别打破他的美梦。他是个不愿敞开心的孩子，可一旦对谁敞开，便紧紧相拥。

我知道迟早要与他说再见，不想分别的心情如窗外伤感的天气。下雨的日子，进来躲雨的风，一切是寂静无声的，像初见时那样。小熊的妈妈给我结算完最后一天的家教费，她说："我原本就不是为了请家教辅导他英语，我自己就是英语老师。"我说："我知道，您想有人陪着他，让他快乐一点儿。"她说："是的，你做到了。如果你愿意，我们的家一直为你敞开，欢迎你随时来做客。"

我微笑道谢。临出门时，留恋地再看一眼紧闭的房门，门却在这时候无声地打开了。"姐姐！"小熊从里面抱着画板走出来，"送给你。"我看着他手中的小熊，再看着他红红的眼眶，努力扬起笑容不让眼泪落下。他把画板递到我面前，踮起脚想要给我一个拥抱。我弯腰抱住他，连同怀里的小熊，紧紧相拥。

如果没有这次家教经历，我不知道自己还可以给一个孩子温暖。而事实是，他让我感受到久违的春天的暖意，就连屋外的天气也因心情放晴了，那么的洁净美丽。

　　"窗外放晴了，屋内仍继续下雨。我微笑，并不等于我快乐。我撑伞，并非只是为了避雨。你永远都不懂我在想什么。我想拥抱每个人，但我得先温暖我自己，请容忍我。因为我已在练习容忍你。我的心常下雪，不管天气如何。它总是突然地冻结，无法商量。我望向繁花盛开的世界……我的心开始下雪，雪无声地覆盖了所有，湮灭了迷茫、骄傲和哀痛。当一切归于寂静，世界突然变得清凉明朗。所以，别为我忧伤，我有我的美丽。它正要开始。"

　　每个人都在自己的寒冷世界里独自过冬，每个人都在下雨的天气忘记给自己打伞。那又何妨。你孤独，你迷茫，你伤感，你沉默……可是，你依然不会忘了在寒冷的天气为自己取暖，在下雨的季节抬起头仰望天空，下一刻，乌云消散，彩虹出现。

　　心是晴朗的，人生就没有雨天。

{ 我想和你在一起，几天也好 }

法国电影《两小无猜》，两个青梅竹马的儿时玩伴，因为 "敢不敢" 的游戏，上演了一出纠缠半生的童梦奇缘。

喜欢玛丽昂·歌迪亚。除此之外，还欣赏她主演的另两部影片——《玫瑰人生》与《午夜巴黎》。女人要有好作品，一张让人记住的面孔、一副曼妙玲珑的身材、一双纤细修长的手，都是上天赐予的珍贵杰作。除此之外，还要有自我修炼的内质。玛丽昂·歌迪亚的美，是微微翘起的下巴和妩媚有神的眼睛。

青春期时代酷爱看小说，想要从小说中找到理想的爱情模式。有一个印象深刻的故事，大抵是一见钟情，相守一生。过程并不注重，在意的是开头和结尾，花好开始，月圆结束，看似那么美。两个人一直在一起，最难的时候也没有分开，他珍视她，她懂得他，直到老去。

因为懂得，所以慈悲。大约是这样吧。如果没有第三者出现，真是一则"金玉良缘"般的爱情童话。她在他们最相爱的时候精神出轨，出于对她的惩罚，他和别的女人有了关系。当她意识到自己最爱的人是谁的时候，已经无可挽回。她怀了他们的孩子，却要忍受他的冷漠与移情。几度想离开，但为了孩子忍下来，终于等到他的回心转意……当明白彼此才是一生所爱时，最珍贵的东西已经逝去了。

不要等到错过再追悔。同样的，不要等到失去才挽回。

当时看这个故事时是排斥的，如今重温，别有一番深感。想起《半生缘》里曼桢说，世钧，我们回不去了……是的，回不去了。人总是要等到开口说"回不去了"，才明白当初的任性与过错，及为之付出的沉重代价。回不去的一定不是时间，是那时候的真心爱过；失去的一定不只是一段情，是曾愿意为你编织童梦的一颗珍贵的心。

八十年代的法国街道，美丽，郁静，宛如一幅画。镜头飞一般倒退，在一栋漂亮的房子尽头，一辆红白相间的校车快速驶过，一个站在马路中央怀抱糖果盒的小女孩……游戏开始了，它叫作

"cap（ou）pas cap"（敢不敢）。

冒险、刺激、疯狂，充满乐此不疲的童趣与深埋于心的晦涩。只要她问"敢不敢"，他就会说"敢"，并一定去做。课上说脏话，用墨水喷老师，在校长室里小便，姐姐的婚礼上把新娘弄哭，和女孩子搭讪、做爱、讨要耳环……他们什么都敢，就是不敢承认彼此相爱。

孩子的游戏看似是一出闹剧。母亲早逝，父亲误解，姐姐不闻不问……他们的童年在肆无忌惮的快乐中悲伤。有谁知道呢，他们不在乎，只要游戏开始，只要她说"敢不敢"，他一定会说"敢"，为她突破禁忌，遭到父亲暴打，伤透了未婚妻的心。

他们各自有男女朋友，视性爱为消遣。四年后，她穿上漂亮的晚礼服，在香槟满溢的酒店大堂，与他面对面，举杯相碰，满心欢喜。他告诉她，自己有了结婚对象。她微微错愕，彼时正内心甜蜜，等待他的求婚……他说："我只是想邀请你做我的证婚人。"于是，她再一次和他玩一场"敢不敢"的游戏，穿上婚纱闯入礼堂，问他，敢不敢悔婚。

一别十年，各自成家。他深深地想念着她，收到她寄来的糖果盒。两个而立之年的成年人，像小时候那样疯狂、刺激、无所顾忌。她故意把家里搞成劫案现场，看他敢不敢在她报警后一分钟再走，因为一分钟后警察就会赶到。

当秒针走完一圈，他冲出屋子和警察展开追逐，却在兴奋之余发生车祸。当她赶到医院，看到一个面目全非、奄奄一息的重症患者和放在仪器上的糖果盒，她意识到是自己的游戏害了他。她拿走了盒子，痛悔无助地哭泣。

她哭泣的时候，他在放肆大笑。这一次，换成他是游戏的制造者，用一出"乌龙"让她真正明白，他是她生命里最不可能离去的人。想起过往种种，她终于意识到这是他的报复。她赶回去时，看到冲出医院的他，两个人在雨中深深对视，确认彼此的心意，却始终不敢承认彼此深爱着对方。

"我们玩过这么多游戏，但我从未对你说过……我像疯子一样爱你。"

电影中的男女主角，玛丽昂·歌迪亚与吉约姆·卡内，凭借这部影片成为经典荧幕情侣。这是他们合作的第一部电影，四年后，两人确立恋爱关系，又一个四年之后，他们有了爱情结晶。

看到一个人说，想要过一种生活，有情趣做饭，有心情看书，有时间旅行……最最重要的是，这一切都有人陪伴。

有时候，也许是因为太寂寞了，渴望有个人陪伴。一个人习惯了孤单倒还好，反而两个人在一起的时候，特别害怕某天，那个一直陪自己的人默默离开。很多人之所以一直维持单身的状态，并非因为太挑剔或者时间未到，而是在习惯了长久的孤单之后，害怕这种努力维系的状态被突然打破，在经历一段不如意的恋情后再次恢复单身，或许没有强大的心力让自己离了谁都能好好生活。

谁也未必离不了谁。只是，习惯了两个人在一起之后，如左手握右手，睡前说晚安，醒来转身就能见到。如果有一天这个陪自己睡觉的人突然不在了，会不会感到难过。

李大仁之于程又青，王小贱之于黄小仙，柯景腾之于沈佳宜，陈孝正之于郑微，何以琛之于赵默笙……太多太多了。我们看小说、电影中的主人公，看他们相爱相别，何尝不是在对照现实里的自己——你可有过这样的感受：他在身边，不觉得生活多么美好；他不在身边，生活一定变得很糟糕。

并非因为深爱而爱，只是因为习惯而爱。

想起那部印象深刻的小说。他说，你若在，我们便好好地在一起；你若不在，我们还是会好好地在一起。这是最让我感动的一句话。故事并不完美，他有其他女人，她的心里住着另一个男人的影子。但是，生离死别，地老天荒，他们还是好好地在一起，亦如许下的誓言。

《两小无猜》的结尾，特别献上一行字幕："无论你喜不喜欢这部电影，你都不得不承认，这部电影的某一瞬间会直击你的心灵。我们逝去或者正在经历的青春，喜怒哀乐都曾维系在一个人身上。"

影片的尾声，他们相拥在一起，玩了最后一个游戏。站在深凹的地基中，当水泥从头顶倾泻下来，两个人忘我亲吻，渐渐沉入被水泥封闭的地下，永远不分开。

至此，并未即刻谢幕。导演想向观众展现另一种可能，倘若这一切都没有发生，结局是怎样的。他们会以这种疯狂奇怪的方式与世长绝吗？不会。如果他们在年华正好的时候相互表白；如果在他对她说"爱"的时候，她以为这就是真的；如果在她满心欢喜等待他求婚的时候，他掏出戒指，告诉她，我要娶的新娘就是你……如果，他们没有猜疑、没有顾忌、没有隔阂，彼此勇敢、彼此珍惜、彼此相信……那么，他们就会像电影的最后一幕，两个白发苍苍的老人，躺在蓝天白云下，晒着太阳，相互凝视，一起回忆年轻时做过的那些为爱疯狂的事，然后，亲吻彼此的嘴唇，说："我爱你。"

想起一句话："我想和你在一起，几天也好。"

爱，长至一生，短至一天、一夜、一刻、一刹那……最最重要的是，这一切都有人陪伴，别留遗憾。

{ 跟自己说声"对不起"，因为曾经为了
别人难为了自己 }

最近在看一部美国影片——*He's Just Not That Into You*。翻译成中文是《他没有那么喜欢你》。

"他没有那么喜欢你。"影评人的推荐是，所有未婚女青年都应该看一看这部电影。

故事发生在巴尔的摩，讲述几位年轻女子的爱情状态。她们是各自领域的佼佼者，成功、富有、美丽，有让人羡慕的伴侣。在外人眼中，仿佛什么都不缺，生活肆意，爱情甜蜜。然而甜蜜中也有烦恼。她们想努力掌控自己的生活，无奈事与愿违。备受"恋爱焦虑症"的折磨，期待爱的男人给自己打电话，纠结是主动打给他还是等到他打来。可惜，电话一直没有响起；与男友爱情长跑多年，感情稳定，迫切想把自己嫁出去，男友却安于现状，没有娶自己的意思；恋上有妇之夫，想前进一步但只限于暧昧；和丈夫貌合神离，不离婚也没了相爱的激情；借网恋寻求刺激，沉溺于虚拟世界却对现实中的对方一无所知……

电影中几个女人面对的爱情困扰，与现实生活一一对照，正是我们遇到的情感现状。纠结，他不找我我不会主动找他，即使我已经非常焦虑不安，恨不得下一秒拿起手机拨出烂熟于心的号码；拖延，他不提我也不提，即使我们相爱多年，早已亲如一家人。再难的关都闯过来了，只剩下结婚这道"鬼门关"；强迫，成为见不得光的"第三者"，明明和他没有结果，明明非自己所愿，还是一意孤行，用青春下一场赌注；忍受，是三年还是七年，是十年还是二十年，不重要了，心中清楚不再爱对方，对方也不再爱自己，忍受十年如一日的平淡、背叛、冷漠、绝情；幻想，虚拟的世界会存在童话吗？也许会，大多时候是不会的。很不幸地，成了大多数的极少数人，做着自欺欺人的美梦，王子吻醒沉睡千年的公主，从此幸福地在一起。

即使很喜欢一个男人，也不能表现得太主动。这是你的原则。即使在一起许多年，很想嫁给他，也要遵从他的意愿。这是你的迁就。即使知道他有家室，也要背着骂名和他在一起。这是你的冒险。即使和他没有了感情，眼睁睁看着他出轨也不离开。这是你的宽容。即使只是谈一场虚拟恋爱，不知姓名不知身份，杀手通缉犯也无所谓。这是你的游戏。

你可知道，因为这些所谓的原则、迁就、冒险、宽容、游戏……恰恰拖累了你，让你失去了爱的勇气和能力。

"为什么他没有给我打电话？"
"为什么他不主动来找我？"
"为什么他突然失去了联系？"
"为什么他不再爱我了？"
…………

没有那么多的"为什么"。当你还在质问"为什么"的时候，他已经离开了你。曾经再如何相爱、亲密，海誓山盟，对他而言，现在的你也只是一个与他有过一段过去的"别人"。当你在反复问自己"哪里做错了""还爱不爱"的时候，他已经转身和另一个人在一起了。

人生相聚离别，有长情依依，便有绝情斩断。不是每一种都充满了诗意和隐情。不要用美好幻想掩盖残酷现实，不要用一时的欺骗碰一身的伤口。

电影中的女主角误会对方喜欢自己，遭到冷嘲热讽之后，她说："我也许是太敏感、太会小题大做了，但至少那意味着我还在乎。你以为用上这些所有能看透女人的规则，你就赢了吗？也许你不会再受伤，也不会再让自己出糗、尴尬，但是你永远不会再体会到那样的爱。你不是赢，是孤独。也许，我做了很多很傻的事情，可是我知道，这样的我会比你更快找到那个对的人。"

把这段话记下来，如果有人在给你错觉之后，不对你的心意感念，即使不喜欢也应该歉意地说一声"对不起"……相反，他不以为然，反应冷漠，避你如洪水猛兽。这样的人，不配你继续喜欢他。将这段话送给他，告诉他："感谢你，让我不必再为难自己。"

一切反复犹疑都只是给自己的假设和退路。穿过迷雾，看清现状，你需要什么样的感情，什么样的人才是真正值得喜欢的人。如果不值得呢，没有关系，只是失去了一段自以为很重要的感情而已。这也是经历。

地球不会爆炸，世界末日不会降临，明天不会即刻死去，爱人的心火不会就此熄灭，真正"执子之手，与子偕老"的人还未出现……在此之前，请跟自己说声"对不起"，因为，曾经为了别人难为了自己。

{ 我要去看得最远的地方，和你手舞足蹈聊梦想 }

在微信圈里看到旧友一个人去巴厘岛旅行，写道：有一种爱到骨子里的情感，那这个人就必然是孤独的，恰如对旅行。我喜欢一直漂泊在路上的状态，虽然岛屿让我想把生活慢下来。

深夜睡不着的时候，翻朋友圈，看一些平时不常联系的朋友的生活记录，那种感觉，有种说不出的隐晦微妙。从来不会点"赞"，也不会留任何评论，然而他们的一言一行、所思所想都会默默关注。你是这样的人，必然有人也如你这般，在某个睡不着的孤独时刻，某个离群索居的地方，静静地看着关于你的一切，回味入心。

喜欢的音乐，单曲循环一整夜，沉浸在某种遥远的思绪中。那时候，与这世界相距千里，如彼岸烟火隔夜清霜。此时此刻又有谁知，我是这样一个离家的旅人，在繁华城市隐匿流浪，遍寻不得归处。

看舒国治的《流浪集》，当中有一段话：再好的地方，你仍须离开，其方法，只是走。然只要继续走，随时随处总会有更好的地方……这种地方，亦未必是天堂城市，未必是桃源美村，常常只是宏敞平静的任何境域；只因你游得远游得久了，看得透看得淡了，它乍然受你降临，竟显得极是相得。

看书、旅行、游走、冥想，与一座尚未完全融入的城市保持适当的距离，好似这就是现在的生活。大多数人终日奔忙，穿梭于地铁高架桥，浑浑噩噩，庸庸碌碌，不知道自己要的是什么，该走向何处。人无论到怎样的年纪，都有数不清的烦恼和困惑，无法解除，亦无法阻挡。悲哀的是，我们在青春少艾的年华，明知花期不久却已看到它的凋谢，仿佛看到自己未及盛年便垂垂老去的模样，中间的几十年如一张发黄的旧报纸，只剩下一片斑驳的墨迹。

他说，这是我流浪过的第二十个国度。所有东南亚的热带国家都给人相似的热情，绿色的植被，炎热的温度，包括泥土的芬芳……在更迭的世界里，与你交相辉映。在此纪念。

有些人，终其一生只是在丈量脚下走过的路是一千里还是一万里。看过多少风景，留恋过多少地方，品尝过多少美食，和多少人一起并肩共行一段旅程……这些在路上发生的经历写成给自己的一本书，一生都不会忘记。

还有些人，在二十多层的格子间抬头仰望蓝天白云，低头看车水马龙。人如蚂蚁，此时在这里，彼时在那里，也一直在路上。对他而言，这是一段不值一提转身即忘的经历，辞职、跳槽、闷头大干、明争暗斗，唯一放松并觉得快乐的事，是每晚加班到深夜十点，给自己冲杯咖啡，站在落地窗前俯瞰脚下璀璨如星河，想着十年后的人生。

这是我们各自生活的方式，是匆匆几十年交给自己的人生答卷。

多年前对旧友说，我们都要去看得最远的地方，到头来，还能和你聊一聊梦想。这在当初觉得一定会实现的承诺，如今却是遥远而奢侈的。他来天津看我，在南开大学的校园内，我们一起走过一段幽静的林荫路，在名人的塑像前驻足默祷，在满池枯萎的荷塘边，沉默地坐下来，品尝咖啡的苦味。他说，人生就像这杯苦咖啡，你其实可以加糖，但你不需要。

"我们的过往，往往有很多自己恨不得一笔勾销的败笔和深知再也无法倒带的惊鸿一瞥。我们每个人，都是被过去和历史裹挟的。既然人类都是时间和记忆的囚徒，那么，我们总归都会和过往握手言和。"

巴黎。初雪。灯火阑珊。夜色深旧。

在电影里见过的某个场景，漂洋过海，在这个有风有雪的冬季夜晚，获得记忆的重叠。我收到他的明信片，这是他旅行的第二十个地方，暖如春天，有阳光、有海滩、非常美。他寄给我的相片，一张一张，被珍藏在盒子里，连同学生时代的合影，锁进抽屉。以及，我们共同许下的那么美的诺言：我要去看得最远的地方，和你手舞足蹈聊梦想。

"彼时，你们都在我身边。这样的夜色，最衬归途。"

愿你一切都好。愿我梦想如初。

想要看见圆满的结局，想要听见动听的歌曲。

想要走遍所有有意思的地方，想要吃遍所有奇怪的美食。

想要经历的每一件事都是美好的。

想要遇见的每一个人都是难忘的。

请你善良：
最好的感觉，是有人懂你
的欲言又止

Please keep yourself warm,
no matter how cold the world is.

{ 最好的感觉，是有人懂你的欲言又止 }

你喜欢看《放牛班的春天》，还是《来自星星的你》？

你喜欢一个人背包去西藏朝圣，还是组团去香港shopping
（购物）？

你喜欢在意大利餐厅吃七分熟牛排，还是蹲在街边吃麻辣烫？

你喜欢在小书店待到天黑，还是边走路边玩手机？

你喜欢在电影院昏昏欲睡，还是躺在被窝通宵看iPad？

《我可能不会爱你》看了许多遍，到头来你还是说，我更喜欢
《蓝色大门》里那个飞扬不羁的少年。于是，你花了一个星期的时
间，淘到了他的一张旧明信片。

　　《夜的第七章》听了一遍又一遍，但还是觉得，《听妈妈的话》最让自己热泪盈眶。然后，你攒了一年多的钱，想去上海看一场他的演唱会。

　　有人说，宇宙中大约有恒星六十万亿亿颗，我们看到的只有六千颗。你，会不会在六十万亿亿外的一颗行星上，看到一颗发光的白色星球，脚下只有地心引力。

　　你六岁时，好奇这个世界的构造。金、木、水、火、土，会不会有另一颗星球，住着与你相同的小孩。他们会哭，会笑，走路会摔倒，吃一颗糖就开心。对爱的人叫妈妈，喜欢看"奥特曼"和"机器猫"，对什么东西都很好奇，看到谁都会问："这是为什么呢？"

　　你十六岁时，质疑这个世界的规则。凭什么他学习成绩好，凭什么老师就喜欢她。上课偷看武侠言情小说，想象自己活在一个快意恩仇的江湖，是一名惊才绝艳的顶级剑客，有红颜或蓝颜知己相伴，一生一世一双人，最后归隐成为传说。你在晚自习逃课到教学楼的天台抽着烟，仰望静谧浩瀚的夜空，数着天上有多少颗星星，哪一颗星住着和你一样寂寞的人。你扔掉烟头，向着天空大喊一声："喂，你听得到吗？"

你二十六岁时，对这个世界感到厌倦。有一份让人羡慕的工作，你却不开心。有一个体贴关怀的恋人，你却总与之若即若离。终于下定决心辞职，狠下心与恋人分手，以为这样就能过自己想要的生活，找到想要的人……到头来发现，生活永远比想象更糟糕，新交往的恋人还不如前任。你希望有个超人带你远走高飞，却只能在别人的故事里听着那句"사랑해요 도민준씨（我爱你，都敏俊）"。为那个叫都敏俊的男人，哭到心碎。

你三十六岁时，与这个世界争分夺秒。每天天不亮就出门，夜深了才回家。夫妻生活一天比一天冷淡，妻子对你无话可说；女儿问你："爸爸，你什么时候才带我去动物园啊？"你苦笑，走到阳台给自己点一根烟，仰头看天上的星光，觉得很累。你想为小小的家创造更好的生活，想象未来一家三口住在宽敞幽静的别墅里，而不是蜗居在几十平方米的老房子里长吁短叹。可是，她们未必理解你。终于，某天你照常疲惫地回到家，看到收拾得一干二净的空荡房间，再也不见妻子和女儿的身影。床头柜上摆放着一张字条，是妻子的字迹："我们离婚吧。"

你四十六岁时，开始重新审视这个世界。离开待了二十多年的国企下海经商，身边的人劝你：都奔五的人了，还折腾个什么劲？你微微一笑，什么也没有说。背着沉重的行囊，告别亲人、远离故土，来到一座遥远陌生的城市。身边是和你一样背着大包小包的打工仔，只是他们的年龄比你小很多。拎着公文包的上班族、背着书包的学生、手拉手的情侣、拖着行李箱的游客……站在拥挤的地铁里，你向他们看去，一个个面无表情，不是在这里沉沦，就是在这里毁灭。彼时，你很想问一问他们："年纪大就不能实现自己的梦想了吗？"

你五十六岁时，对这个世界再也没有盼望。一日比一日恐惧衰老，身体已经提早出现老化的症状。夜里翻来覆去睡不着，失眠，多梦，汗流不止。路走多了喘不过气，风一吹便流眼泪，一发呆就是一下午，手中握着遥控器昏昏欲睡，却怎么也舍不得关掉电视。找不到可以说话的人，儿女有了他们的家庭，很少与你联系。电脑、手机不会用，一个人坐在黑漆漆的房间，喃喃自问："这样活下去还有什么意义？"

你六十六岁时，学着与这个世界平静相处。每天早睡早起，醒来第一件事是打坐。点一炷香，沏一壶茶，念一页佛经，听一段昆曲。可以一整天闭门不出，亦可以一整天走街串巷。下雨了去垂钓，放晴了去爬山，学会了使用数码相机，学会了发微信、更新博客。你不觉得在老去，相反，心态比过去更加年轻，也更加享受现在的生活。老伴就在身边，你们手挽着手，彼此凝视，相约去当年第一次认识的地方，重温一次"人生若只如初见"。

想要看见圆满的结局，想要听见动听的歌曲。

想要走遍所有有意思的地方，想要吃遍所有奇怪的美食。

想要经历的每一件事都是美好的，想要遇见的每一个人都是难忘的。

内心有积极向上的力量，满脑子稀奇古怪的想法，却习惯低着头，羞于表达。一面抱怨天气太差、周围的人太假、工作太辛苦、生活太累，一面用俗气的网络段子或自嘲或玩笑："唉，伤不起呀……"

你其实有许多话要说。

你其实有许多事要做。

你其实有许多计划等待实现。

你其实有许多想法等待认同。

那又怎么样呢……那又怎样？你的生活总是不停地折腾，再不停地放弃。当初说好一起闯天下的哥们儿，当初在摇滚节上狭路相逢的对手，突然出现，突然消失。这些年来，一些人欠了你，你欠了另一些人；你允诺了一些人，背弃了另一些人。可生命本就是如此，总是不断地学习接受和不断地适应离别。到最后，一句话都不说就能猜到对方想要什么，却再也没有人能一眼看穿你的孤独，你的落寞，你的隐忍，你的骄傲，你心甘情愿的失去……

"最好的感觉，是有人懂你的欲言又止。"

过了这些年，那个人，你找到了吗？

{ 如果连自己都不相信，那么，就让我来相信你 }

认识一个1983年出生的姑娘，打算通过人工受孕当单亲妈妈。问她为什么，她说："我觉得这辈子再也找不到一个合适的人共度一生，可我想要一个孩子。"

对爱情和婚姻不再抱有期待，又担心过了最佳生育年龄，人工受孕无疑成为最妥帖的方式。怀胎十月，无人相伴，无人分担，独自辛苦孕育。可曾想过将来孩子出世，缺失另一半的爱会给他的人生提早带来伤害和破碎。

爱来自双方，而非一方能够独立给予。固执的女孩子一定不会接受这种想法，她会说："我很好，我一个人完全没有问题。"你很好，固然没错，但不能保证另一个人认同你说的"好"，你的决定他未必会顺从与相信，即使他是你的小孩。

　　女人一旦过了三十岁，便觉得好像没有能力再去爱。不是条件不够好，而是年龄确然成为区分"好"与"不好"的标准。二十五六岁的年纪需要将感情关系确定下来，一两年的相处与磨合，二十七八岁的时候赶紧嫁出去，三十岁前完成生育大事。如果到三十岁还没有找到另一半，要么就是快刀斩乱麻，草草找个人，以闪婚收场；要么就像我认识的这位姑娘，坚持独身，一个人养育小孩。

　　朋友说："我很羡慕那些二十几岁单身的人，他们在属于自己的黄金时代一个人自由自在，没有压力，也没有烦恼和顾虑……婚姻就是不断妥协与失去，所以，还是别太早结婚。"问她，什么时候结婚最合适。她说三十岁以后吧，那时候才会成熟，想要安定下来。

　　她结婚三年，一直不想要孩子，父母和公婆年年催促，她不为所动。开始丈夫还会支持她，为她抵挡双方父母的压力，时间久了，丈夫也撑不住，提出要孩子。她反问："你当时答应我了，三十岁前不会要孩子，现在为什么出尔反尔呢？"丈夫说："没有男人希望自己的妻子三十岁才怀孕，我们结婚好几年了，我已经为你做出妥协。现在你也应该体谅我和我家人的心情。"

她很失望，说男人就是骗子，不守承诺。二十八岁的大女孩，尚不够成熟，没有做好孕育下一代的准备。更深层的原因来自恐惧，害怕一旦生下孩子就被婚姻套牢，沦为家庭的牺牲品，失去自我。

她说："相信很难，我越来越觉得这个世界是无人可信的，也不知道为什么。"

不够相信，是因为心不足够敞开和接纳。这与年龄没有必然的关系。"三十岁"是一个被夸大的误区，三十岁前必须嫁出去、三十岁前必须生孩子……我们终日活在对某个时间界点的恐惧和忧虑中，一面哀叹来不及，一面唯恐失去自我。当你为此天天不开心、夜夜睡不着的时候，你其实已经失去了自我。

永远不要为自己设定期限，任何东西都有期限，唯独你的缘分不会。觉得一辈子找不到那个人了，又很想要个孩子，不妨这样，在一些公共社区发帖，标题是"找个让我心甘情愿生孩子的人共度一生"，看看是否有人回应。如果有人回应，不要觉得这是玩笑，继而沉默退缩，把它当成一场游戏。你的动机和心情不是玩笑，他已经对你产生兴趣，让接下来的一切顺其自然。

不建议一个人生育、抚养孩子，你要对自己负责，也要对你的小宝贝负责。他不是你孤独时陪伴你的玩具，也不是没有爱情聊以慰藉的补偿，更不是老了的依靠。人真正的成熟与担当，不是结了婚，不是有了小孩，也不是过了三十岁、四十岁、五十岁的年龄坎……是知道自己该如何生活；是无论一个人、两个人还是三个人，都能很好地处理彼此的关系；是既能在工作中独当一面、全情投入，又能在爱情和婚姻中恰到好处，怡然自得。

"你我心灵相通才有缘分的可能。时间见证一切有形和无形，希望改变的除了渐老的容颜，破旧的衣物，还有真正放下的心。"

怎样维持相信，它是一种放下的心情和融入血液的情感。如果连相信自己都很难，又如何相信别人，相信生活带领自己越走越好。爱情、婚姻的发生和缔结，前提是彼此信任，彼此敞开接纳。如果做不到，再多深情也会被猜疑与变故消磨打碎，结果是，爱情来过，它又走了。

大多时候，我们或者狂妄疯癫，或者支离破碎，也不过是我们不懂得如何爱人，如何更好地被爱。多年前，你说，如果连自己都不相信，那么，就让我来相信你。他辜负你的深情厚谊，辜负这些年来的朝夕相处、患难与共，到头来，你还是会原谅他，接受他的一切，伤害、欺骗、背叛、破碎……你说："我之所以原谅他，不过是因为相信以后，相信他能再一次为我变好。"

晚风轻轻地吹，打开窗户看到天上的星光，依稀闪烁，从未暗淡，好似你看穿我的目光。当年情、当年错，此时此刻随风消散，落入星光深处。一去多年，半梦半醒间，问你凌晨的灯塔是否还有微光……你轻声对我说："想看吗？那些都是远处的温情。你要相信。"

{ 爱一个人，也要爱他未来的样子 }

Ada聊起她的女儿，说："我希望她有一个健康快乐的童年，我会尽我所能给她安稳舒适的生活。不希望她过早恋爱，过早独立，过早成家……如果她想自由自在地做自己想做的事，我会一辈子养她。"

Ada的女儿今年七岁，每个周末无论多忙，Ada都会准时回家，陪女儿看《爸爸去哪儿》。起初，Ada很反感看这类综艺节目，是女儿告诉她，班上的小朋友都在看，老师还布置了作业。Ada是单亲妈妈，离婚三年，独自抚养女儿。在三环买了两居室的公寓，开车上下班，送孩子去最好的双语学校念书。此外，还请了家庭老师和保姆，负责教孩子钢琴与生活起居。

独立能干的女强人，把最吝啬的柔情时间尽数给予了珍爱的女儿。她说："不是我在陪女儿长大，是女儿在陪我慢慢变老。"

　　Ada不缺男友，但从不把他们带回家，她不想让女儿看见。对Ada而言，女儿是她的私人所属。三年多以来，女儿不止一次问她，爸爸去哪儿了？每每此时，她只得忍着心酸告诉她，爸爸出差去了。时间久了，女儿便不再提了，以至于母女俩依偎在沙发里看节目时，她总是忍不住偷偷看女儿的反应，像个犯错的孩子。电视里的小女孩被爸爸抱在怀里，呵护亲吻，也不过是相差无几的年岁。女儿安静地盯着屏幕，眼睛一眨不眨，Ada知道，迟早有一天，谎言藏不住，女儿会发现爸爸妈妈不在一起的事实。

　　Ada给女儿取名Apple，寓意甜美可爱。有一天，Apple突然问她，妈妈，什么是爱？

　　Ada想了许久不知道怎么回答，便说，爱就是妈妈和小苹果。

　　Apple又问，那爸爸和妈妈呢？
　　也是爱，爱是爸爸、妈妈和小苹果永远幸福快乐地在一起……

　　可爸爸没有跟我们在一起啊。Apple的声音陡然变得很难过，妈妈，爸爸是不是永远不和我们在一起了？

　　Ada为女儿的早熟懂事心疼不已, 忍不住落下泪来。没想到小姑娘静静地看了她一会儿, 突然紧紧地抱住她说: "妈妈, 别怕, 你还有我。"

　　那一晚, Ada给女儿唱起久违的儿歌, 离婚之后, 她很久没有给孩子唱过歌了。就在她以为孩子已经睡着继而停下来的时候, 柔软的小手突然搂住她的脖子, 把脸贴到她的脸上, 说: "妈妈, 你唱的歌我听了好多遍了, 我教你唱一首新的吧。" 稚嫩的童音轻轻哼唱着最近大热的《爸爸去哪儿》的主题歌, Ada听着歌声, 忍不住问女儿: "宝贝, 你想要爸爸吗?" 孩子停下来, 想了想说: "我想要爸爸, 我把他的照片放在书包里, 我怕长大了忘记他长什么样子了。" Ada强忍着泪, 女儿又说: "可我还有妈妈, 就算没有照片, 我也不会忘记妈妈的样子⋯⋯比起爸爸, 我更想要妈妈。"

　　我与她彻夜聊天, 听她讲为什么离婚, 离了婚之后的种种不易, 独自抚养孩子的艰难。所幸孩子很懂事, 成绩也很优秀。但正是因为懂事优秀, 令她总觉得非常自责。

　　"我以为我有一个这么乖巧懂事的女儿已经很幸福了, 别无所求, 但这只是我的感受。我不知道我的孩子觉不觉得幸福, 能不能理解我。"

大人总是想当然地为孩子安排好一切，学校、课程、环境、食物、衣服、书籍、玩具、夏令营……自以为给他们最好的，却从不去想他们真正要的是什么。给他们最周密的保护、最昂贵的教育环境、最细致的照顾，却不明白，为什么孩子还是不愿意和自己亲近。

无论是双亲家庭还是单亲家庭，无论家庭氛围温暖融洽还是冰冷破碎，都应该将孩子当作心灵层面相契的伙伴对待，而不是一件珍贵的私人藏品，抑或溺水时紧抓不放的浮木。他们有自己的想法和对父母、爱、世界的认知，不要束缚与欺骗。平等、宽容、和善地相处引领，在给予的同时，试着从他们身上学习和汲取……十年、二十年、三十年之后，他们是你最亲密和最能理解你的朋友。

想对Ada说，自我感受同样重要。如果自己都不觉得幸福，怎么给爱的人幸福。当女儿说"妈妈，别怕，你还有我"的时候；当女儿抱着你，将脸贴在你的面颊为你唱歌的时候；当女儿把你的样子深深记在心里，比起另一个同样给予生命的人，更需要你的时候……这么多的时候，点点滴滴、日日夜夜，她其实最爱你。因为有你，才幸福。

"我还有妈妈，就算没有照片，我也不会忘记妈妈的样子……比起爸爸，我更想要妈妈。"

如果Apple一直这样成长下去，将来的她一定会成为Ada最好的朋友和最坚实的依靠。无论走到哪里，她都会带着妈妈，与她分享自己的一切，工作、旅行、恋爱、生活。也许多年后父亲回来找她，她也未必能立刻认出父亲的样子，但是，她不会就此冷漠生恨。因为，善待别人就是善待自己。因为，勇者不哭，强者无怨。

我们的生命中，总是不断地爱人和不断地离开。你出生时见到的第一个人，她在陪伴你成长的过程中渐渐老去，在你学会爱的时候悄然离去。第一个抱你的人，第一个亲吻你的人，第一个教你开口说话的人，第一个扶你蹒跚学步的人，他在一生中给予你的深刻影响、沉重负担、温暖眷顾、良苦用心……当时不觉，过后深觉。

想起一句话："爱一个人，也要爱他未来的样子。"

我们长成什么样子，取决于爱我们的人希望我们长成什么样子。更多人是活在当下，爱在当下。尽管"未来"这个词具有无尽的想象空间，愿意与一个人走向未来，却未必会爱他未来的样子，

疾病、衰老、死亡······

　　曾经深爱的人，只记得最初的模样，貌似完美无缺，深情如水。记忆纷乱湮灭，面具碎裂，再完美也不堪一击。你确认爱的只是某一时空永恒凝定的幻觉，而非真正属性。

　　爱的本身是一种能力，没有人敢将爱一直延续，至衰老、至死亡，直至打碎所有妄想幻觉，望尽深处。离别不只是为了重逢，但离别之后，必有重逢。

　　细雪葬江河，飞鸟有归期。

{ 如果全世界都背叛了你，
我会站在你背后背叛全世界 }

晴天问我，你有没有想过，如果全世界都背叛了你怎么办？

我起初一笑，不置可否。晴天是那种经常爱胡思乱想的男孩，最喜欢的电影是《牯岭街少年杀人事件》，还为此写了一篇小说——《少年晴天杀人事件》。与他是在楼下的7-11便利店认识的，深夜买夜宵，他蹲在门口，见我进去，拦住我问道，你好，能不能请我吃一碗泡面？

他的钱包被盗，身无分文，饿了一天。我问他为什么不报警。他说："不相信警察。再说，报警也没什么用，丢了就是丢了。"他刚来北京，出了火车站，装有钱包和手机的背包就丢了，他漫无目的地走了一天，不知道去哪里，也不知道该找谁帮忙。

　　他看起来不过十八九岁，孤身来北京闯荡。我请他吃了一碗泡面，问他："你有地方可去吗？"他摇摇头，说："没有。"我说："需不需要我借钱给你？"他看着我，半晌低声道："你别借钱给我了，就不怕我是骗子吗？"我微微一笑。他继续说道："虽然我现在看来是挺像骗子的，但是你能不能帮我找份包吃包住的工作？我没钱，没朋友，也回不去……等拿了工资我就还你，我不会欠你太久。"

　　我们就是这样认识的。

　　他是个文学青年，得过"新概念大赛"一等奖，给《萌芽》写过小说，有些愤世嫉俗。喜欢顾城的诗，常常挂在嘴边的一句话是，黑夜给了我一双黑色的眼睛，我只能用它寻找黑暗。大学读了半年便辍学，理由是学费太高、成绩太差，拿不到全额奖学金。可是他又很傲气，不愿申请特困生补助。

　　"上学没意思，还不如早早出来闯荡。四年后，他们才开始找工作，我说不定可以面试他们了，哈哈……"

　　我给他介绍了一份编辑工作，但出版社要求至少本科学历。他因为没有文凭，只能以实习生的身份进去，月工资一千，不包吃包住。我对他说很遗憾，你要不要重新考虑一下。他哈哈一笑，摆摆手道："这就很好了啊，虽不包吃包住，但还能拿到一千块，等拿到工资请你吃大餐。"

他在东六环租了一间平房，每天换乘公交地铁需要两个小时。出版社要求八点半上班，他是全社最早到的，最晚走的，每天睡不到三小时，靠当枪手赚生活费。我们并不经常联系，他有时候会把新写的小说发给我看，跟我交流一些影片观后感。这个刚过二十岁的大男孩，用行动证明辍学闯荡的决定。

我不相信他能存下工资，在北京，月收入三四千块都未必能生存下来。在拿到第一笔工资后，他立刻给我打电话："嘿，我发工资了，请你吃饭。""吃什么？"我问。"M记（麦当劳）吧，"他说，"我只能请你吃这个，比泡面好吧？"

我们在麦当劳点了一份双人套餐，他狼吞虎咽地吃着，感叹这是到北京一个月以来吃得最贵的一顿。我问他这一个月有什么心得。他说，最大的心得是，是遇到了好人。见我愣住，他狡黠地笑道："你觉得一千块能在这座城市生存吗？"我说："不能。"他点点头，把最后一块汉堡塞进嘴里用力咀嚼，然后说道："所以，我来不是生存的，是来寻梦的。我用三千元的付出赚一千元的收入，用每天十五小时的工作时间弥补过去二十年的人生空白，值了。"

目标坚定，明确自己想要的是什么，不走寻常路。每个人对未来的选择不同，这决定了他们将走的路是一马平川，还是曲折难行。易走的路，也许走到尽头都无法抵达想去的地方；难走的路，翻山越岭即可看见海上明月，彼岸繁花。

他说："难得你相信我，可是要对你说声对不起，我骗了你。我并不是出身贫苦家庭，相反，我家里非常有钱，从小吃穿不愁，过得很奢侈。只要我不惹事，无论提什么要求，父亲都会满足我。就这样长到十八岁，我不知道自己想要什么，也不知道未来在哪里，于是离家出走，但没过多久就被父亲找到了。他第一次动手打我，把我关在家里，派人二十四小时监视我。他越不让我出去，我越想出去。我打伤了监视我的人，从二楼的阳台跳下去，代价是摔断了尾椎骨。我卧床一个月，父亲要把我送出国，我装病，课也不上，关在房间里闷头写小说。在虚构的小说里，我把自己想象成拯救世界的超人，结局是全世界都背叛了我。

　　"我的梦想是把我写的小说拍成电影，所以来到北京。我父亲还以为我在上大学，他是个好人，但是他身边所有人都图他的钱，连我母亲也离开了他。起初我很讨厌他，他越对我好，我越难受，恨不得一辈子离他远远的。可是，我无能地需要他的钱养我。如果我没办法养活自己，这辈子就只能听他的安排，做让我厌恶的事。我和他断绝联系，他给我的钱、卡、手机……我什么也没带。所以，事实上我既骗了你也没骗你，我确实身无分文。

　　"我不相信这个世界有缘无故的帮助和信任。就连我父亲，我是他唯一的儿子，将来还要继承他的家业，他对我好也是有私心的。人情冷暖，亲生父母尚且如此，何况素不相识的陌生人。我第一次见你，想赌一赌运气，就一碗面，多了我知道你也给不起。以前每次看到什么好心人帮助别人我都嗤之以鼻，再有钱我也不会捐款，我不相信这个世界多么温暖无私……但是现在，我相信。因为我来北京的第一天遇到了你，而你帮助了我，还给我介绍了一份我喜欢的工作。这一个月我过得很开心，北京不是一座冷漠的城市，毕业以后我会再来。"

　　他离开时，什么也没带，就如来的时候。对我挥挥手，笑一笑，转身没入人潮。他的那篇《少年晴天杀人事件》已经有了第二部，名字叫《少年晴天救人事件》。我告诉他，回去后一定要记得联系我，不要从此相忘于江湖。他说放心，一碗面的恩情，还你一辈子的交情。

最近有一个很火的帖子，叫《陌生人做过什么让你觉得世界很美好的瞬间》。留言各种各样，顿时暖心无比。一个叫Teecy的女孩说，公交车里跑进一只蝴蝶，一位叔叔捉住它，趁到站停车的时候把它放飞了。另一个叫Miana的姑娘说，骑川藏线的时候，当时还有几百公里到拉萨，已经骑得很累了。有一天，自己一个人爬坡，突然发现有辆汽车减速跟她匀速了，然后车窗拉下来，一个男生递给她一罐咖啡说，小妹妹加油哦。

多年前，读到这样一句话：这个世界到底有多冷，你不是不知道。多年后，在经历彻骨的寒冬迎来温暖的春天之际，已经不觉得多冷了。心提升到一定的境界，会有春意袭来，剩余的是传递和给予。每个人都在自己的寒冷里独自过冬，每个人也都在自己的寒冷里独自取暖……所以，我才会这样想要给别人温暖，只因为，想看到他们舒展的眉头、上扬的嘴角和眼里善意明亮的光。

美好的事物一直在消逝，是的。所幸，它们都是及时发生的。

用勇敢对抗懦弱，用光明覆盖黑暗，用温情拥抱孤独，用柔软包裹坚硬，用热烈融化冰冷，用给予弥补失去。

　　你问我："如果全世界都背叛了我，你会怎么样？"

　　亲爱的，我会告诉你："如果全世界都背叛了你，我会站在你背后背叛全世界。"

{ 请你善良，无论这世界多冷漠 }

黄碧云在《来不及》一文中写道：如果我因为缓慢而知道速度，因内在而无法追随世上所有，大隔绝而感到吵闹的煎熬与静之痛，那一定是我的错。你知道，这个世界之所以为世界，是因为这个世界是不会错的。如果你与这个世界敌对，错的只有你，失败的也只有你。

这个世界之所以为世界，是因为这个世界是不会错的。
如果你与这个世界敌对，错的只有你，失败的也只有你。

我们生来便与这世界为敌，非心所愿。想想这些年来做过的每一件事，有多少是主动且愿意去做的，又有多少违背了当初的心意。在不上不下的年纪，高不成低不就，左右两难，选择性障碍症、社交恐惧症、强迫症、依赖症、拖延症、双重人格……可以整天面对电脑一句话不说，却无法面对一个祈求自己帮助的人；在社交场合对有所求的合作伙伴热情假笑，转身面无表情摁掉家里打来的电话；为了偶像组团包机去韩国看演唱会，却拒绝给山区失学儿童捐款捐物。两耳不闻身外事，在自己的感情世界伤春悲秋，今天恋上谁，明天和谁分手。

人有时候容易被感性摧毁，有时候树立起自以为强大的理性，一面抗拒现实，一面不得不被现实压迫。

我是个不愿屈服的人，无论生活多么艰难，都不轻易对谁开口示弱。南方有种风俗，逢年过节站在空旷的院子里，四面朝拜，以表达对天地神明的敬畏和臣服。我过去一直反感这种形式，人若不内心信服，形式没有丝毫意义。我同样不信鬼神，不信任何超自然的力量，这种力量包括宗教、哲学等一切凌驾于个人之上的所谓"信仰"与"权威"。

情感和意志，这才是真正主导个人世界的信仰。不屈服任何势力，不向这个世界的黑暗低下头颅。你，能做到吗？你，是否能够向所有轻视你、孤立你的人证明，以渺小搏击强大，以瞬间照亮永恒。

"不管你了不了解这个世界，这个世界都不会让着你。"

所以，你要更勇敢，也要更善良。勇敢地，去扫除这个世界所有阻挡自己前进的障碍；善良地，去帮助这个世界被欺凌的弱小，让他们看到光与温暖。

每天从三里屯经过，都会看到一个卖花老人，他的儿子做开颅手术需要一笔高昂费用，他不贩卖亲情，也不博取同情，乐观坚强地用劳动所得为孩子积攒手术费。他的眼睛已经快睁不开了，依然笑容满面，悉心照顾着那些娇嫩的花儿。他也许觉得，凭自己的努力，儿子的手术费一定会凑齐；也许并未抱多大希望，只想尽人事知天命。冬去春来，在寒风中、在薄雾里、在夜幕下，他苍老沉默的身影，是不可承受的生命之重。

这个世界之所以为世界，是因为有着这样一群构筑世界的人，他们勤劳、善良、乐观、坚强；这个世界即使再糟糕混乱，依然能看到澄澈的蓝天、美丽的夕阳、青葱的绿地、粉红的花儿、梦幻的星光……而你，就生活在这里。

你问我，如何才能成为一个善良的人？如何才能改变这个冷漠的世界？

　　善良是你的真性，只是有时候因为不公与抱怨改变了本来面目。去把当初的自己找回来。卖花老人的事迹被热心网友传播，每天有许多人特意跑去买花，老人的脸上洋溢着幸福的笑容。而我们，生命不会经历多少大起大落，生活尚算富足，有一间舒适的房间、一份稳定的工作、一个相伴到老的人……这足以让自己在安宁中守望星空，在平和中珍惜时光。

　　一个姑娘写道："我不够美好，不够单纯，不够善良，不够聪明。不好相处，脾气怪异，老爱嘚瑟，毛病多，得理不饶人……不过，现在这些都是浮云。我在一步步前进，我在一点点变好，就算我是希特勒，也不要低估我这颗渴望成为列宁的心。"

　　苏打绿的演唱会上，主唱吴青峰说："请你们一定要相信自己，一定要接受、喜欢自己的样子，一定要让自己变成真心喜欢的样子。如果你想要做的，不是长辈所控制的你的样子，不是社会所规定的你的样子，请你一定要勇敢地为自己站出来，温柔地推翻这个世界，然后，把世界变成我们的。"

　　有太多的时过境迁，让你隐忍着掉泪，沉默着发痛。你并不是爱心泛滥、悲天悯人、顾影自怜的那一类。有时候，你需要果断转身、冷漠抛弃、刚勇无情，但更多时候，希望你是这样的——有倔强的姿态，也有温柔的情怀；有掷地的语言，也有无声的微笑；有蓬勃的野心，也有纯粹的童心；有智慧的远见，也有悲悯的善意。

　　请你善良，无论这世界多冷漠。

想活成什么模样，与岁月相关。

它带走了你表面的美，却带不走心中的美。

它让你散尽热情，却给予你迟来的温情。

|07|

请你温暖：
葵花成海，你在不在

Please keep yourself warm,
no matter how cold the world is.

{ 葵花成海，你在不在 }

又是一年了。

耳机里单曲循环手嶌葵的《光》。春风微凉，树枝摇曳，湖水荡漾，向日葵开出金黄饱满的花。过去的一年，有没有什么收获，有没有一想起来就会笑的人或事。

蓝天白云，阳光炽热耀眼，满目是青葱绿色。一个人哼着曲光脚踩在草地上，迎面走来踢足球的大眼睛男孩，穿比基尼的长发女郎微笑而过。世界是五颜六色的冰淇淋，到处可见充满法式风情的石头建筑，一对老年夫妻当街跳起了探戈，人们载歌载舞，拍手欢笑。你情不自禁随着他们的拍子起舞，仰头迎着炙热的太阳展开最美丽的笑容。

这一年，你在布宜诺斯艾利斯。

城市是半圆形的模样，数条运河纵横交错，河面上停泊着各式各样的游艇，巨大的白色风车随风旋转。到处可见美丽芬芳的郁金香，裹着头巾的卖花老人，忘情亲吻的情侣，举着画笔的街头画家……一座座船屋停泊在岸边，绿树掩映，红色尖顶房子古朴宁静，偶尔经过几个打扮艳丽的年轻女子，跟随她们，来到传说中的红灯区。

这一年，你在阿姆斯特丹。

暮色时分，细雪纷飞，仰头看着窗外的霓虹。室内温暖如春，穿燕尾服的年轻男子手执一杯香槟，言笑晏晏。穿小黑裙戴珍珠项链的美丽女子，孤独地看着窗外，似乎在等待谁的到来。夜色渐渐浓郁，塞纳河的柔波映着埃菲尔铁塔的倒影，凯旋门的上空星光点点，如梦似幻。喝一口香槟，静静闭上眼，聆听一曲《玫瑰人生》。

这一年，你在巴黎。

群山环绕，碧波荡漾，海鸥迁徙飞翔。天空蓝得深邃，风中传来遥远的歌声，白色建筑若隐若现。双脚埋入泥沙，满头银发的老人坐在岸边用皮绳编织手镯，恋人手挽着手沿着河岸散步，孩子们奔跑笑闹，大声说着听不懂的当地语言。远处的高楼上，一个小伙儿支着腿吹起了口琴，阳台上摆满鲜花，鸽子俯冲停在栏杆上，似被深情优美的乐声吸引，不舍离去。

这一年，你在波尔图。

海浪拍打沙滩，秋水共长天一色。双脚被海水轻轻抚摸，清凉，柔软，任何言语都是多余。与人世相隔，陷入一种静谧孤独的状态，无人相伴，也不需要任何人相伴。时间静止于此，夕阳如玉，渐渐沉落。忘却旧事故情，忘却身在何处，唯有广阔空静的天地……像个婴儿一样在轻晃的水波中，快要睡着了。

这一年，你在墨尔本。

广场中央，一群白鸽低头觅食，间或发出咕咕的叫声。许愿池前的情侣们络绎不绝，纷纷向池里投硬币。男孩将女孩高高抱起，围着水池转一圈，再俯身亲吻。几个穿黑色西服拉小提琴的中年男子，侧耳、闭目，神情陶醉，指间流淌出优美伤感的音乐。隔岸的建筑带着文艺复兴时期的艺术气息，一群鸽子从上空掠过，栖息在码头，眨眼的工夫，倏忽不见。

这一年，你在布拉格。

大雪封路，航班取消。窝在候机室的某个角落用烈酒驱散严寒，耳边是一群游客叽叽喳喳的抱怨声。外面大雪纷飞，昏暗中一片白亮，想起远隔万里的家人。谁说莫斯科没有眼泪，如今已踏遍天涯路，纵使任性决绝，也是一个孤独怕冷的孩子。想要抱一抱谁，彼此相拥取暖，但天地间除了夜光白雪，只有一人。

这一年，你在莫斯科。

温柔的夏夜，群星密布的天空在夜风的吹拂下微颤。暗蓝的天幕低垂，似幽深的瞳，以静谧的姿态俯视众生。仰躺在露台上，看星辰闪烁，感受醉人的睡意，夜沉甸甸的翅膀在周围缓缓地扇动，带来萤火虫的光亮。沉浮在青山之外，孤空远影，才知岁月静美。与夜色相融，把心事说给花与月听，心中仿佛生出一种就此地老天荒的感觉。

这一年，你在大理。

目及的世界，草长莺飞，春色满园，一片安静祥和的景象。高大茂密的树木连成一片，荡漾着满满的绿意。岸边偶有鸟儿流连嬉戏，尝试着将头探进水池浅啄，一会儿的工夫已扑腾着翅膀沉下身体。它们身上有着斑斓的金色花纹，翘起如孔雀一般美丽翠绿的尾巴，在春水溶溶碧绿滢滢的池面上，掀起层层水纹。

这一年，你在西塘。

日暮西沉，天空是被雨水洗润过的碧蓝，赭黄色的云朵大片囤积，遮住了半边天。细草和风抖动，远处群山巍峨，青杉遍布。赤脚站在一块平展的草地上，面对被风吹起的大片金黄麦浪，仿佛置身于虚幻的金色海洋，很快就被淹没。一路风尘，被山河的壮丽美好洗净。多少沉湎流离，在朦胧中湿了双眼。

这一年，你在稻城。

过去的经历，年少的往事，如烟火腾空般一一掠过，微笑着对自己告别。走过那么多地方，看过那么多美景，就像人生演完一场又一场意犹未尽的午夜电影。把收到的风景片变成寄出去的明信片，寄到世界任何角落，被有缘人买下、珍藏。

当你静下心来思考人生，回味过往、感受现在、想象未来时，要有一种想做就做的勇气完成它。蓝天、白云、阳光、大海、星辰……这些在人生低谷看到的风景就是信念，是艰难时候最耀眼的光点。道路且阻且长，要相信它，相信内心微弱的声音。它告诉自己，世界很美，而你生来，就有着明亮的眼睛。

"过这样一种生活。可以来些风花雪月的调剂，但亦可仗剑行走天涯。可以相夫教子，但更应有无所牵挂的自由。可以今朝有酒今朝醉，但亦可心怀广宇爱人及人。可以花间集续写缠绵，但也可素琴白马纵横四海。愿你有这样的生活。"

葵花成海，你在不在。

愿你有这样的生活。

{ 我想要去的地方春暖花开 }

一个朋友最近迷上了宝丽莱，不放过任何机会拍照，在微博和微信上分享。她说："我拍下这些美好的事物，等到老了，它们就是我最美的回忆。"

关注过一些分享美的网站与公共平台，照片、视频、文字、故事……感动于它们的真实自然。每天通过微信看到不同的分享链接，插画、摄影、游记、养生、星座、心理测试、时尚潮流……权当一个朋友圈了解一个世界。有朋友问我："你不觉得微信里到处在贩卖广告和心灵鸡汤吗？"我想了想，反问道："你不觉得广告和心灵鸡汤有时候也挺能打发无聊时间的么？"他付之一笑。

总觉得时间不够，有时候又觉得时间是这样多。多到可以一整个下午看着窗外发呆，或者一个晚上用来网上购物，最后什么也没有买。抓住的未必留得住，很多美的事物被预先置入高高的橱窗，远远地看一眼，然后走掉。并不想知道自己能做什么，只有在被需要或被强迫的时候，脑中下达指令，一件事做完，很快就会想不起来。

没有什么是完全清空的，同样，没有什么是完全留下的。夜晚独自坐地铁回家，走一段很长的僻静小路，四周空无一人，偶尔遇到无家可归的野猫，驻足看它许久，它亦回望，神情警惕不安。在薄凉的春意中，看月亮熠熠生辉，路灯隐隐闪烁，等待谁擦肩而过。

每年一次的长途旅行，至今年暂告一段落。没有太想去的地方，手头要做的事这样多。年后开始新工作，时隔一年多重新进入职场，需要长久时间的适应。与陌生同事相处，察言观色，小心翼翼，唯恐一个不慎惹他人不快。

辞职、休息、调整、重新出发。转入完全陌生的行业，激素分泌旺盛，精神高度集中。加班、开会、写报告、应酬，办公室从早到晚回荡着噼里啪啦的打字声，人人面无表情，戴着耳机，专注笔记本屏幕，干劲十足。小团体去楼下食堂用餐，另一拨自己带饭，在会议室悄无声息地吃完，去走廊点一根烟，对着窗外若有所思。

　　如是日复一日，年复一年。

　　人在城市如同困兽，内心凶猛外表沉静，潜伏着一触即发的危险。你要用意念安抚，用疲惫麻木，让自己有很多的事要做、很多的人要认识、很多的资源要掌握……以为这就是倾尽所能打造的理想王国。而其实，它仍是一座一无所有的沙漠之城。

　　一年回一次家，待一个星期便走，在火车上度过的时间感觉比在家里度过的时间要长。记得有一次回家过生日，在天津的临时车站等到凌晨两点，火车误点，在夜风中站了一个多小时。车厢里没有座位，挤满了人，连站脚的地方都没有。一个抱着孩童的中年女子，靠着我的腿闭目沉睡，孩子挠我的腿，我一动他就哭。还有一个中年男人，躺在我的脚边，熄灯之后忽然浑身抽搐，一阵呕吐。女人被惊醒大声叫喊，孩子哇哇大哭，车厢里乱作一团，你推我搡，争吵怒骂。我在拥挤中被人撞倒，只能一动不动，用力抱紧背包，默默忍受异味，等待黑暗过去。

　　现在依然坐火车回家，不同的是硬座改成了软卧。听着车厢里均匀的呼吸声，看着窗外一闪即逝的夜色，默想几年来在火车上度过的所有时光，那是一个人背井离乡辛苦奋斗所迈出的第一步。北方与南方的差距，这里到那里的距离，短至一夜即可到达，长至一生就此割舍。

在天津，在上海，在杭州，在武汉，在西安，在北京……在中国的任何一座城市，你都可以去，可以停留，可以生活。不同的是，你是停下来享受一段旅程，还是住下来再也不走了。千里之外的家，与万里之外避世隐居的地方，哪一种是未来的选择。更多时候，其实没有选择。世事无多，此刻你觉得应该要去的地方，应该要离开的人或事，都是大浪淘尽后的空寂。

时间一直在走，走到它应该抵达的地方。让心和眼睛跟着前行。

"我们可以用很多方式留住回忆，影像也许带给我们的是最深刻的。把心情写在宝丽莱上，把相片贴在笔记本上，用爱去记录成一本书。就像那些我们无处安放的青春，曾经、现在、未来，都终将会有一个归宿。"

当我如小孩般天真烂漫时，有一年去春游，看到漫山遍野的桃花，一簇一簇，粉红娇艳，仿佛人间仙境。那张在桃树下斜倚微笑的照片，过了这些年还在写字台上静静地躺着，每次看见，好像昨日重现，春风绿柳，桃花盛开。

有一首日本童谣是这样唱的："晚霞中的红蜻蜓，请你告诉我，童年时遇见你，那是哪一天。拿起小篮来到山上，桑树绿如荫，采到桑果放进小篮，难道是梦影。"

在四月的艳阳天里，希望自己能开出一朵静默芬芳的花。风中的枝条拂过肩头，山间的湖水浸湿双脚，蓦然回首，我不甘就此化作轻烟，也不愿成为水中蜉蝣，却唯独贪恋一点一滴侵入肌骨的人间温情。等知己相逢，醉卧湖边。

我想要去的地方，春暖花开。

{ 我的故乡，放不下我的理想 }

李安在拿到第二个奥斯卡最佳导演奖时，致谢他的太太。彼时，太太就坐在台下，他手握奥斯卡小金人，在全世界的见证下深情表白："我在台湾的家人，我的太太林惠嘉，今年夏天是我们结婚三十周年……我爱你。"

我爱你。

抛开李安妻子的身份，这个叫林惠嘉的女人，值得世上所有女人学习和所有男人尊敬。在李安的回忆录中，他写道："妻子是我的大学同学，她是学生物的，毕业后在当地一家小研究室做药物研究员，薪水少得可怜。那时候我们已经有了大儿子李涵，为了缓解内心的愧疚，我每天除了在家里读书、看电影、写剧本外，还包揽了所有家务，负责买菜做饭带孩子，将家里收拾得干干净净。还记得那时候，每天傍晚做完晚饭后，我就和儿子坐在门口，一边讲故事给他听，一边等待‘英勇的猎人妈妈带着猎物（生活费）回家’。”

1978年，李安准备报考美国伊利诺斯大学的戏剧电影系，他的父亲非常反对，给他列了一份资料：在美国百老汇，每年只提供两百个角色，却有五万人在争夺。尽管竞争激烈，李安还是义无反顾，登上了前往美国的飞机。为此，他的父亲与他近二十年都不怎么说话。

几年后，李安从电影学院毕业，在目睹和经历美国真实的求学生涯之后，终于明白了父亲的苦心。在好莱坞，一个没有任何背景的华人想要闯出些名堂，可谓难于登天。自1983年，他经过了六年漫长而煎熬的等待。大多时候，只是帮剧组看器材，做剪辑助理、剧务之类的杂事。最痛苦的一次经历，是拿着一个剧本两个星期跑了三十多家公司，一次次遭受冷漠和拒绝。

那一年，李安快三十岁了。而立之年的男人，背井离乡，孤身在异国闯荡，其中艰苦，唯有自知。他说：“古人云，三十而立。而我连自己的生活都还没法自立，怎么办？继续等待，还是就此放弃心中的电影梦？幸好，我的妻子给了我最及时的鼓励。”

　　在李安等待与蛰伏的六年间，他的妻子成为家中顶梁柱，靠微薄的薪水支撑丈夫的梦想和一家人的生活。在李安追梦这条路上，妻子一直是他的伴随者和支持者，数十年风雨同舟，不离不弃。

　　李安是心高气傲的男人，为了梦想，不惜奔赴异国求学，与父亲近二十年关系冷淡。谋生的压力和妻子背负的重担，令他不是没有想过放弃。多少人在追梦这条路上，开始雄心壮志，一两年后承受不住压力自我放弃，回归平凡生活，再也不提。曾经，岳父母出钱打算让他开间中餐馆养家糊口，却被妻子拒绝了。李安知道这件事后，十分痛苦，经过几个夜晚的辗转反侧，决定放弃梦想，面对现实。他背着妻子报了一门计算机课，以此作为将来谋生的职业。这个决定对当时的李安而言，是痛苦纠结的。尽管努力隐瞒，妻子还是很快发现了他的异常，并找到被他藏起来的课程表，一宿没有和他说话。

　　如果梦想只是做一做梦，偶尔想一想，那就不足以成为颠覆一生的力量。经过一晚的冷战，第二天临出门前，妻子站在台阶上，突然转过身对他说了一句话："安，要记得你心里的梦想。"

　　要记得你心里的梦想，也要记得为你圆梦的人。

　　一个朋友在他最痛苦难熬的时候，对我说："我一直相信四个字，天道酬勤。"他来自河南农村，在经历了五年的北漂之后，撑不住想回去。可是回去就能解决一切问题了吗？不能。他内心清楚，只得咬牙硬撑，卖掉了燕郊的房子。交出房产证的那天，他说："这套不足八十平方米的房子是我攒了五年的钱买下来送给自己的结婚礼物，每天省吃俭用，父母掏光了他们一辈子的积蓄……现在，儿子对不起他们，也对不起妻子，我要辜负他们的心意了。所有人都不能理解我，为什么要为一个虚无的梦想把实实在在的房子卖出去，我也很困扰，不知道这个决定是不是对的。辞职，创业，失败，送快递……一切从头再来，我既不幸，也幸运。无论如何，我的家人和妻子始终支持我。多年前走出校园，我对自己说，这辈子没什么雄心壮志，就想当个小老板。后来越做越大，野心也越来越大，终于尝到了一败涂地的滋味。现在，我每天送快递，遇到了过去的客户和员工，我不觉得羞耻。从哪里跌倒，就从哪里爬起来，生活压弯了我的腰，却压不下我的头，我绝不会向困难低头……现在，你问我还有梦想吗？我说有，我的梦想就是，开一间小小的快递公司。"

　　你也好，我也罢，我们的故乡未必能放下我们的理想。地方太小，信息太闭塞，眼界太狭窄。生活在周围的人，大多世代在此，成家立业，生老病死，最后变成一座被掩埋在某个荒僻之地的孤坟。

高考那年，我问自己，你为什么每天起早贪黑、寒窗苦读。你牺牲了快乐、自由、健康，放弃了喜欢的人……是为什么？

"因为梦想。因为我的故乡，放不下我的理想。"

我不想日后的生活像我的祖辈父辈，一辈子束缚在某个地方，日出而作、日落而息，看着头顶一方灰白的天空，就是他们一生的视线。我也不想像堂姐、表姐那样，二十岁不到就结婚，嫁一个只见过一两次面的人，好与不好、爱或不爱，她们永远都不知道。我更不想让我写作的能力、情感的表达、一路成长的点滴就此干涸荒凉，我想用一个容器盛载它们，连同我的故事、我的青春、我的爱情……我的一生，送给生命中最重要的人。

这就是我，一路闯荡漂泊的缘由。为了心中的理想，受再多苦、熬再多年都是值得的。

那个告诉我"天道酬勤"的朋友如愿开了家快递公司，妻子辞职陪他一起创业，他们现在又买回了那套燕郊的房子。前不久，他告诉我一个好消息——妻子怀孕了。他说："当一个好爸爸，这就是我现在的梦想。"

"我一直就相信，人只要有一项长处就足够了，你的长处就是拍电影。学计算机的人那么多，又不差你李安一个，你要想拿到奥斯卡小金人，就一定要保证心里有梦想。"

李安终于拿到了小金人，走上领奖台的那一刻，无人知道他当时的心境，是激动、意外，还是尘埃落定的百转千回。一幕幕重现，妻子站在台阶上转身相视的那一刻，撕碎课程表丢进垃圾桶的那一刻，辗转反侧决定放弃梦想的那一刻……更早以前，登上飞机最后一次回顾的那一刻……到最后，凝定成一个人的样子，她坐在台下，默默地凝视他，咫尺之遥，历经多少岁月沧桑，他对妻子说："我爱你。"

"我的心里永远有一个关于电影的梦。"

{ 世上最美的风景，都不如回家的那段路 }

　　去看陈绮贞的演唱会，时隔四年。2010年在上海，阴差阳错错过她的演唱会，那一年的主题是她发行不久的专辑——《太阳》。里面有首歌——《鱼》，歌词是这样唱的："如果有一个怀抱勇敢不计代价，别让我飞，将我温柔豢养。"

　　"别让我飞，将我温柔豢养。"

　　四年后，她发行新专辑《时间的歌》，来北京开演唱会。我和当初一起喜欢她的姑娘去看。她穿着红色长裙，披着波浪长发，双眼微闭，神情沉醉。依旧是记忆中的她，站在灯光下，纯然淡美，像个涉世未深的小女孩。

　　这一年，她三十九岁。在我眼里，仍是十九岁的模样，说话微甜，笑起来会害羞。时间的魔力在于，它让我们渐次更深地看见自己，了解想要的是什么，与一切诱惑纷争喧嚣冲动说"不"。路越走越长，直到荒崖长草，直到清湖见底，直到月隐西山……还是在这里。

心中住着一个小女孩，不想让她走。

与时间的碎片擦身而过，脸上留下轻淡的痕迹，表面不慌不忙，内心沉着安定。这一年，就像她轻声唱的："这一年如何总结，痛苦多还是快乐，末日还没终结我们。"

一年三百六十五天像一个密闭盒子里的积木零件，看似相同，缺一不可。轻轻抽走一块，高楼轰然坍塌。我们每个人在这个世界，都是独一无二的积木，不能被抽走，不能被浪费。而多数时候，我们觉得自己是不被需要的，没有人紧紧抱住你不撒手，对你说，你敢离开我试试。所以，安全感才会这样稀缺，入睡时蜷缩起来像婴儿，走路时低着头谁也不看。

在西塘，清晨醒来独自望着雾蒙蒙的天出神，鸟儿的啼声让人内心愉悦。沿着湖边散步，大脑空茫，想不起任何事，包括此时在哪里，在做什么。我想需要这样的放空，置身某个地方，忘却世事及本来面目，过往沉重负担被抛掷身后，纠结的情感困扰即刻清理，更加坚定且理所当然。

天色淡远，渡船而过。想起《春惜》里的某一场景："船一路往南驶，仿佛去往天之涯海之角。持续一段时间的雨停了，灰蒙的天空发出迷离的光亮，呈现出海水浸泡的墨蓝。经过第三个关口之后向东行驶，百米之余依稀见到成群的建筑，倚立在山峦之下。山水相映，如同置身世外桃源，清静、自在，一旦入驻，此生都不愿走出。"

这一刻，现实与小说中的情境相重叠，峰峦叠嶂，烟雾缭绕，万籁俱寂。

"生命嗅得百转千回，浮光掠影咫尺刹那。"

《春惜》的题记。原名《列衣》，特意为它坐等一夜只为拍到黎明的第一缕光，作为封面图，但最后什么也没有用上。现在看来诸事都有它的因缘与宿命，不用改变，也不用强求。在梦里，安然对平安说："听说背靠背的爱人相距最远，因为他们要绕过整个地球方可看见对方……你觉得我们的爱会不会因为遥远而永恒，就像天上终年不落的星。"

写下这些字的时候，是2009年。时隔五年，依然珍爱它们。

我们爱慕一些人、依赖一些人，也许是因为自身缺憾。譬如我，从小颠沛流离，很小的时候寄居在外祖父那里，与父母关系生疏。记得母亲来看我，与她拥抱说笑，晚上睡在她的怀里，听她讲故事。而当她离开，我紧紧地牵着外祖父的手，看着她越走越远，心中没有太多不舍。及至后来，一个人租房求学，父母忙于生意，不管有多忙，母亲每天晚上都来看我，为我做饭、洗衣，等我入睡再离开。看着她熄灯、关上门，车子发出声音渐渐消失，才深切感受到不舍与留恋的滋味。

一直在寻找，试图从某个人身上获得安全与温暖。很早就听说，和父亲的关系决定了你的婚姻，也不是没有道理。我与父亲的关系一直疏离冷淡，以至于每次恋爱都小心翼翼，若即若离。无法从对方那里获得安全感和想要的温暖，分手成为理所当然的结果，也从不后悔，没有想过挽回。很多人说，你看你多可惜。但我觉得，一定要明白自己需要什么样的人，什么样的情感。所以现在是不轻易建立关系，再孤独、再寒冷也不能随便和谁靠近。因为你明白这只是一份需索，而不是想要的相濡以沫。

"你拥抱热情的岛屿，你埋葬记忆的土耳其，你流连电影里美丽的不真实的场景……"

她在演唱会尾声时，戴上可爱的头盔，唱起经典的《旅行的意义》。而我觉得，所谓"旅行的意义"，其实就是走得越远、看得越多、经历得越深刻，越想迫切地回到家，回到那个生你、养你的地方，那里最熟悉，也最安心。

每一次坐飞机，都希望它快点落地；每一次坐列车，都希望它快点到站。不是因为旅途太累、颠簸不舒服，而是因为，想早一点回到家，看到想念的家人，闻到家的味道。无论我们去某个地方多少次，一定是回家的次数最多。在尚有时间和精力能够多回家的时候，不要觉得麻烦和浪费生命。即使再如何渴望出去赚钱与游玩，也请回头看一眼，在你的身后，某个不起眼的地方，炊烟在升起，灯火在闪烁……那是你的——家。

"因为痛苦太有价值，因为回忆太珍贵。所以，我们更要往前走。"

　　无数的童年照片如记忆的碎片纷至沓来，瞬间涌入视线。闭上眼，有热泪顺着脸颊缓缓流过。屏幕上闪耀着这行字，是一个歌者对听她多年歌的歌迷想说的最后一句话。而我，看到的是一个人背负着梦想和身后的家，口中唱着"别送我回家"，心中念着"请把我带回家"，带回那个有爸爸、妈妈、童年、欢笑的小窝，它再小、再乱、再拥挤不堪······也是我的家。

　　"世上最美的风景，都不如回家的那段路。"

{ 踏实一些，不要急，你想要的岁月都会给你 }

有句话，岁月的美，在于它的消逝不回。

深夜一个人坐在房间，静静地听着《小步舞曲》。隔壁传来争吵声，接着是重物落地的"砰砰"声。狗吠，孩子啼哭，女人的尖叫……依稀听得她说："你为什么这么对我？你觉得我老吗？不再爱我了吗？"

轻轻叹息，于黑暗中点燃烛火，很快，微光闪烁，香气弥漫。有时无话可说，有时一言难尽。人也不过如此，在安静中地老天荒，在焦灼中粉身碎骨。无论一个人、两个人还是三个人，总觉得不够安全，冲动浮躁，敏感易伤。

事情沿着它的轨迹发生，是偶然，也是必然。今天和谁结怨，明天和谁决断，很快又若无其事，安稳度日。我们在回忆中慢慢老

去，恨岁月不给机会恨人心不给力量，恨爱情不给优美。这的确是
自欺欺人的退却与逃避。

谎言，看似迷人，撕裂开来直抵伤口深处。总有人含笑拥抱冰
冷刀锋，这个人一定不是我。多数时候，没有力气关心外界言语、
浮世变化；没有强壮的心、坚硬的外表与人为敌，与世隔绝。所能
做的是自饮，自欢，自伤，自愈。

雨后初晴，风吹起了蒲公英，掌心留下彩虹的幻影，仿似断
痕。过往苦难用再多言语都不足以描述，比起欢笑，流泪更多，然
而我们终究要与过往握手言和。轻轻说声对不起，为负过的人；轻
轻说声谢谢你，为帮助自己的人；轻轻说声我爱你，为来不及告白
的人。

一个女孩子写道，我仍然相信缘分，也相信预谋，相信所有浪
漫的胡话。但在这世界上，不会恰好有那么一个人是完全为你量身
定做的。很多二十三岁的姑娘，青春尚余、美好淡定、调皮自信，
然而，时间是不知不觉的……你过了你的二十三岁吗？她的那首
《我在人民广场吃炸鸡》，唱出了许多年轻人的心声。

你，过了你的二十三岁、二十四岁、二十五岁……三十岁了吗？

这日子过得不咸不淡，恰到好处，却始终觉得不够。今天是这样，明天是那样，在无知中走向未知，在单薄中寻找丰盛。

人情至性，岁月寒极。果真如此。

六十五岁的Linda Rodin（琳达·罗丹），年龄对她而言，只是缓慢递增无关紧要的数字。她年轻时曾在《时尚芭莎》（*Harper's Bazaar*）当过时尚编辑，开过精品店，后来又当了造型师，如今经营着同名品牌的彩妆。满头银发，打扮摩登，装饰家居，和宠物一起悠闲自在地生活。她说，年轻的秘诀就是充足的睡眠。

岁月可以成为一份礼物。当你用尽了岁月，岁月也用尽了你。

所以，不要惊慌，也不要难过。这春风绿柳、漫天星辰的时光，在你人生的巅峰或低谷，都是最美好的停留。它们点缀着你、陪伴着你、守望着你，这一路风尘，都被晨光夜露涤荡洗净，在漫山空谷中开出最后一朵静默的幽兰。

想要温暖一点，再温暖一点，变成大衣裹着你单薄沉重的肩，一把伞替你遮挡风雪。看世事轮回几重，奈何桥上是否有你孤寂执着的背影，待我今生相随，来世相伴。我从不曾留意看你眼角的皱纹，忘却向你伸出手，轻轻抚摸，紧紧扣住。直到感知手指的温度、眼神的眷恋，才蓦然发现，原来我一直不够温暖。

多少人在我的心里来过又走了，多少记忆在我的心里聚拢又散了。如果生命的灰烬里能有无邪岁月，有今宵缘分也有昔日恩情，我会感激此生，不负来生。有人说，想活成什么模样，通常与岁月无关。不，我不这样认为。想活成什么模样，与岁月相关。它带走了你表面的美，却带不走心中的美；它让你散尽热情，却给予你迟来的温情。

踏实一些，不要急，你想要的，岁月都会给你。

01 我的孤独是一座花园（阿多尼斯）

孤独是一座花园，

但其中只有一棵树。

绝望长着手指，

但它只能抓住死去的蝴蝶。

太阳即使在忧愁的时候，

也要披上光明的衣裳。

死亡来自背后，

即使它看上去来自前方：

前方只属于生命。

疯狂是个儿童，

在理智的花园里，

做着最美好的游戏。

时光：在欢乐中浮游，

在忧愁中沉积。

遗忘有一把竖琴，

记忆用它弹奏无声的忧伤。

世界让我遍体鳞伤，

但伤口长出的却是翅膀。

向我袭来的黑暗，

让我更加灿亮。

孤独，

也是我向光明攀登的一道阶梯。

诗歌，

这座浮桥架设于你不解的自我和你不懂的世界之间。

不要只害怕魔鬼，

还有天使呢。

"天使"，

在万物中最有可能突然变身为魔鬼。

两手空空，然而，

手中还是不断地掉落你的一部分：时间。

童年是让你能够忍受暮年的那股力量。

夜晚在我的枕头上沉睡，

我却独自无眠。

只有通过一种方式才能征服死亡：

抢在死亡之前改变世界。

罪过，对自由的另一种赞美。

因循有着另外一个名字：牢笼。

诗歌不会行走，

除非是在深渊的边缘。

无论我们身在何处，

都有泥土伴随，那是永恒的相会；

无论我们身在何处，

都有时光伴随，那是永恒的离别。

最遥远的光亮，
比离我们最近的黑暗还要靠近我们：
距离，通常只是神话。
不，是生命在发号施令，
死神只是忠实的记录员。

快乐长着翅膀，
但它没有躯体；
忧愁有着躯体，
但它没有翅膀。

跪曲着，黑暗降生了；
挺立着，光明降生了。

花儿是眼里的一个季节，
芬芳是心中的一个季节。
是的，光明也会下跪，
那是对着另一片光明。

太阳即使在忧愁的时候，
也要披上光明的衣裳。
黑暗是包围四周的暴君，
光明是前来解救的骑士。

死亡来自背后，
即使它看上去来自前方：
前方只属于生命。

遗忘有一把竖琴，
记忆用它弹奏无声的忧伤。
你的童年是小村庄，
可是，你走不出它的边际，
无论你远行到何方。

你不会成为油灯，
除非你把夜晚扛在肩上。
或许光会把你误导；
不过，假如这真的发生了，
莫以为这是太阳的过错。

风有着尘土的谦卑，

却也有天空的荣耀。

女人——

她的芳香令空气的身材变得颀长。

即便是太阳自己，

也只能照亮接受光明的事物。

女人，向我走来——

以深渊的形式，

她成就了我的一个巅峰。

玫瑰的沉默是呼唤，

听见它的不是耳朵，是眼睛。

你是对的，蝙蝠啊！

——黑暗是一种安逸，

光明是一种折磨。

最残酷最痛苦的监狱，

是没有四壁的。

风，没有衣裳；

时间，没有居所；

它们是拥有全世界的两个穷人。

或许，语言的汪洋，

隐身于静默的浪花里。

石头与翅膀，

在诗歌的子宫里是孪生兄弟。

芳香，是一首没有歌词的歌曲。

你的意义，在于你成为形式。

如果一定要有忧伤，

那就告诉你的忧伤：

让它永远捧着一束玫瑰。

玫瑰旅行，去往的最美所在，

是眼睛的疆域。

梦想也会长大，

不过是朝着童年的方向。

玫瑰，在忧伤时是一个角落，
在欢乐时是一盏青灯。

每一部伟大的作品，
总能同时催生秩序与混乱。
快乐降临于我成群结队；
不过，只在我的幻想中行进。

你真正的凯旋，
在于你不断地毁坏你的凯旋门。
我的祖国和我身披同一具枷锁，
我如何能与祖国分开？
我如何能不爱祖国？

02 一见钟情（维斯瓦娃·辛波丝卡）

他们彼此深信，
是瞬间迸发的热情让他们相遇。
这样的确定是美丽的，
但变幻无常更为美丽。

他们素未谋面，
所以他们确定彼此并无瓜葛。
但是自街道、楼梯、大堂传来的话语——
他们也许擦肩而过，一百万次了吧？

我想问他们是否记得——

在旋转门面对面的那一刹？
或是在人群中喃喃道来的"对不起"？
或是在电话另一端道出的"打错了"？

但是，我早已知道答案，
是的，他们并不记得。

他们会很讶异，
原来缘分已经戏弄他们多年。
时机尚未成熟，
变成他们的命运。

缘分将他们推近、驱离，
阻挡他们的去路。

忍住笑声，
然后，闪到一旁。
有一些迹象和信号存在，
即使他们尚无法解读。

也许在三年前，

或者就在上个星期二。

有某片叶子飘舞于肩与肩之间？

有东西掉了又捡了起来？

天晓得，也许是那个消失于童年灌木丛中的球？

还有事前已被触摸层层覆盖的门把和门铃，

检查完毕后并排放置的手提箱。

有一晚，也许同样的梦，

到了早晨变得模糊。

每个开始，毕竟都只是续篇，

而充满情节的书本，

总是从一半开始看起。

03 今夜，我可以写出最哀伤的诗（巴勃罗·聂鲁达）

今夜，我可以写出最哀伤的诗。

写，譬如，"夜被击碎，蓝色的星星在远处颤抖"。

晚风在空中回旋，

今夜，我可以写出最哀伤的诗。

我爱她，而有时候她也爱我。

多少个如今的夜晚，我曾拥她入怀，

在永恒的天空下一遍一遍地亲吻她。

她爱我，而有时候我也爱她。

我怎么能不爱上她那双沉静的眼睛。

今夜，我可以写出最哀伤的诗。

想到不能拥有她，想到已经失去了她，

听那辽阔的夜，因她不在而更辽阔。

诗句坠在灵魂上，如同露水坠在草原上，

我的爱留不住她，那又有什么关系呢？

夜被击碎，而她离我远去。

都过去了。

在远处，有人歌唱，在远处。

我的心如此不甘，

我的眼光搜寻着她，走向她，

我的心在找她，而她离我远去。

相同的夜漂白着相同的树，

昔日的我们已不复存在。

我不再爱她，这是确定的，但我曾经多么爱她。

我的声音试着借风来触碰她的听觉。

别人的，她将是别人的了，一如我过去的吻。

她的声音，她洁白的身体，她明亮的眼睛。
我不再爱她，这是确定的，但我也许还爱着她。
爱，那么短。遗忘，那么长。

多少个如今的夜晚，我曾拥她入怀，
我的灵魂因为失去了她而伤痛。
这是她最后一次让我承受伤痛，
而这些，是我最后一次为她写的诗。

04 去爱吧，像不曾受过伤一样（艾弗列德·德索萨）

去爱吧，像不曾受过伤一样。

跳舞吧，像没有人欣赏一样。

唱歌吧，像没有人聆听一样。

工作吧，像不需要报酬一样。

生活吧，像今天是末日一样。

05 送别（李叔同）

长亭外，古道边，芳草碧连天。
晚风拂柳笛声残，夕阳山外山。
天之涯，地之角，知交半零落。
人生难得是欢聚，唯有别离多。

长亭外，古道边，芳草碧连天。
问君此去几时还，来时莫徘徊。
天之涯，地之角，知交半零落。
一觚浊洒尽余欢，今宵别梦寒。

06 热爱生命（汪国真）

我不去想是否能成功，
既然选择了远方，
便只顾风雨兼程。

我不去想能否赢得爱情，
既然钟情于玫瑰，
就勇敢吐露真诚。

我不去想身后会不会袭来寒风冷雨，
既然目标是地平线，
留给世界的只能是背影。

我不去想未来是平坦还是泥泞，

只要热爱生命，

一切，都在意料之中。

07 青春（席慕蓉）

所有的结局都已写好，
所有的泪水也都已启程，
却忽然忘了是怎么样的一个开始，
在那个古老的不再回来的夏日。

无论我如何地去追索，
年轻的你只如云影掠过，
而你微笑的面容极浅极淡，
逐渐隐没在日落后的群岚。

遂翻开那发黄的扉页，

命运将它装订得极为拙劣，

含着泪，我一读再读，

却不得不承认，

青春是一本太仓促的书。

08 致橡树（舒婷）

我如果爱你——

绝不像攀援的凌霄花，

借你的高枝炫耀自己；

我如果爱你——

绝不学痴情的鸟儿，

为绿荫重复单调的歌曲；

也不止像泉源，

常年送来清凉的慰藉；

也不止像险峰，

增加你的高度，衬托你的威仪。

甚至日光，甚至春雨。

不，这些都还不够！
我必须是你近旁的一株木棉，
作为树的形象和你站在一起。
根，紧握在地下；
叶，相触在云里。

每一阵风过，
我们都互相致意，
但没有人，
听懂我们的言语。

你有你的铜枝铁干，
像刀，像剑，也像戟；
我有我红硕的花朵，
像沉重的叹息，
又像英勇的火炬。

我们分担寒潮、风雷、霹雳；

我们共享雾霭、流岚、虹霓。

仿佛永远分离，

却又终身相依。

这才是伟大的爱情，

坚贞就在这里：

爱，不仅爱你伟岸的身躯，

也爱你坚持的位置，

足下的土地。

09 信徒（佚名）

那一天，

闭目在经殿香雾中，

蓦然听见，你诵经中的真言。

那一月，

我摇动所有的转经筒，

不为超度，只为触摸你的指尖。

那一年，

磕长头匍匐在山路，

不为觐见，只为贴着你的温暖。

那一世，

我转山转水转佛塔，

不为修来生，只为途中与你相见。

10 请不要在我的墓前哭泣（佚名）

请不要在我的墓前哭泣，
我不在那儿，我没有睡去。

我是吹拂而过的千缕之风，
我已化为璀璨似钻的雪花。
我是洒落在熟穗上的日光，
我化为了温柔的秋雨。

当你在早晨的静谧中醒来，
我是鸟儿沉默盘旋时，
雀跃飞升的气流。

我是夜晚中闪耀柔光的星子。

请不要在我的墓前哭泣，
我不在那儿，我没有逝去。

别忘了答应自己要做的事情，别忘了自己要去的远方。

请你温暖，无论这世界多冷漠。

Please keep yourself warm,
no matter how cold the world is.

图书在版编目（CIP）数据

请你温暖，无论这世界多冷漠 / 夏风颜著. — 长沙：
湖南文艺出版社，2014.8
ISBN 978-7-5404-6805-7

Ⅰ. ①请⋯ Ⅱ. ①夏⋯ Ⅲ. ①故事 – 作品集 – 中国 –
当代 Ⅳ. ①I247.8

中国版本图书馆CIP数据核字（2014）第145426号

上架建议：畅销·文学

请你温暖，无论这世界多冷漠

作　　者：夏风颜
出 版 人：刘清华
责任编辑：薛　健　刘诗哲
监　　制：陈　江　毛闽峰
策划编辑：杨　旸
营销编辑：张　璐
装帧设计：熊　琼
版式设计：李　洁
出版发行：湖南文艺出版社
　　　　　（长沙市雨花区东二环一段508号　邮编：410014）
网　　址：www.hnwy.net
印　　刷：三河市鑫金马印装有限公司
经　　销：新华书店
开　　本：880mm×1270mm　1/32
字　　数：153千字
印　　张：8.25
版　　次：2014 年 8 月第1版
印　　次：2017 年 1 月第5次印刷
书　　号：ISBN 978-7-5404-6805-7
定　　价：35.00元

质量监督电话：010–59096394
团购电话：010–59320018